Impressum

Alle Rechte am Werk liegen beim Autor
J., Jaliah
El Puerto – Der Hafen 8
Unerwartende Wendungen

Berlin, September 2018
Erstauflage
Lektorat: Günter Bast, Carolin Kuttler
Cover/Bildgestaltung: Wolkenart – Marie Katharina Wölk
Covermodell El Puerto 2,4,6,8: Yves Len Unser
Facebook: Yves-Len Unser, Instagram: yvesunser

©2018
Herstellung und Verlag: BoD – Books on Demand, Norderstedt.
ISBN 978-3-7528-2878-8

www.jaliahj.de

El Puerto

Der Hafen 8

Unerwartete Wendungen

von

Jaliah J.

El Puerto - Der Hafen 1

Ein Neuanfang

El Puerto - Der Hafen 2

Geliebter Feind

El Puerto - Der Hafen 3

Gefährliche Geheimnisse

El Puerto - Der Hafen 4

Die Schatten der Vergangenheit

El Puerto - Der Hafen 5

Gefährliche Rache

El Puerto - Der Hafen 6

Die Wege der Liebe

El Puerto - Der Hafen 7

Böse Überraschungen

El Puerto - Der Hafen 8

Unerwartete Wendungen

LOS PUENTES

GONZALES & ANNA   BRUNO † & MARIA   RUBÉN & AMA †

VIDAL & ELIAN   DANTE, SUELA & SOFIA   DALILA †, DELICIA & BENITO

SERGIO † & VALENTINA   PAOL †   NORA †

PONCE (CUCA), PIERO † & PAOLO †   5 SÖHNE, DIE DIE GESCHÄFTE
IM AUSLAND LEITEN

WEITERE WICHTIGE PERSONEN

AARON - VIDALS BESTER FREUND

NACHO † - VERRÄTER DER CINCO SOMBRAS

CINCO SOMBRAS

RAMIRO & LEIRE †   RAMIRO & ANGELINA †   REHAN & EVA †

ALEJANDRO, SANTOS & PONCE   BELINDA   LEVI

RAUL † & ALICIA   RAFAEL † & PILAR †   ROSA †

ROMAN, ALENA & PETRO   ADRIAN †

WEITERE WICHTIGE PERSONEN

SUERTE † - VERRÄTER

EMILIA

'Wenn du Puerto Rico einmal in dein Herz geschlossen hast,

wird es dich nie wieder loslassen!'

»Ist das immer so … laut?«

Belinda blickt auf das kleine Baby in den Armen ihrer Mutter.

Sie ist nach der Schule direkt zur Arbeit ihre Mutter gefahren, da sie ihr einen Schulrucksack holen wollten. Endlich, fast alle Mädchen aus ihrer Klasse haben seit dem Sommer ihre Schulranzen gegen moderne Rucksäcke eingetauscht. Belindas Mutter hat sich lange geweigert, sie hat ihr jedes Mal die Geschichte einer früheren Klassenkameradin erzählt, die von einem Auto angefahren wurde und da sie statt auf dem Rücken, auf ihrer stabilen Schultasche gelandet ist, hat diese ihr das Leben gerettet, sonst wäre ihr Rücken schwer verletzt worden, da sind sich damals alle einig gewesen.

Es hat vier Monate gedauert, bis Belinda ihre Mutter endlich so weit hatte, sich mit ihr Rucksäcke anschauen zu gehen und jetzt tippelt sie ungeduldig von einem Bein zum anderen. Gerade als sie losgehen wollten, kam eine Kollegin mit ihrem neugeborenen Baby vorbei.

Nun stehen sie hier seit einigen Minuten und sehen alle auf das Baby, was immer wieder zu schreien beginnt. Und obwohl es immer lauter und das Köpfchen immer roter wird, sehen es alle an, als hätten sie niemals etwas Schöneres gesehen.

Belinda stellt sich wieder auf die Zehenspitzen und betrachtet das kleine Wesen, das in eine rosafarbene Decke eingehüllt ist. Das Baby hat eine sehr große Schleife um den kleinen Kopf gebunden. Die ist fast größer als der Kopf der kleinen Mandy, wie ihre Mutter sie genannt hat.

»Babys können noch nicht sprechen und sagen, was sie wollen, deswegen schreien sie, damit wir wissen, dass etwas nicht stimmt. Mandy hat langsam Hunger. Möchtest du ihr ihre Milch geben, Belinda?« Belinda geht automatisch zwei Schritte zurück. Das ist sicherlich keine so gute Idee. Sie war noch nie so versessen auf Puppen, Familienspiele und all diesen Kram, den ihre Freundinnen immer so gemocht haben und auch jetzt immer noch hin und wieder spielen.

Belinda hat sich bei so etwas eher zurückgehalten, sie hat mitgespielt, doch es war nie ihre Lieblingsbeschäftigung und sie war immer froh, wenn sie etwas anderes gespielt haben. »Ich weiß nicht. Was ist, wenn ich sie fallen lasse?« Die Arbeitskollegin ihrer Mutter deutet auf einen Stuhl, auf den Belinda sich setzt und reicht ihr vorsichtig das Baby. »Ich passe schon auf, siehst du, sie mag dich.« Belinda versucht, Mandy richtig zu halten und ihre Mutter gibt ihr Milch aus einer kleinen Flasche. Es liegt wohl auch eher daran, dass die Kleine bei Belinda auf dem Arm ruhig ist.

Sie sieht sich das kleine Mädchen genau an, die rosafarbene Haut, die kleinen Hände. Zugegeben, Mandy ist wirklich süß, doch Belinda versteht trotzdem nicht, wieso alle sie so anstarren, als wäre sie ein kleines Weltwunder. »Du kannst schon mal üben, Belinda. Wie viele Kinder möchtest du später mal haben?« Belinda traut sich kaum zu atmen, sie hofft nur, dass Mandy nicht wieder zu schreien beginnt. »Ich weiß nicht, ob ich Kinder haben möchte, ich weiß nicht mal, ob ich heirate. Die Jungs aus meiner Klasse sind alle ziemlich bescheuert.«

Die Frauen lachen und Belinda sieht in die stolzen Augen ihrer Mutter. »So habe ich auch eine ganze Weile gedacht, ich wollte eigentlich nie Kinder, aber dann war ich plötzlich schwanger mit dir und …« Mandys Mutter kniet sich zu Belinda und Mandy und küsst die Wangen der Kleinen. »Dann hat sich alles geändert«, vervollständigt sie den Satz von Belindas Mutter, die nickt.

»Alles! Wenn du ein Baby bekommst, ändert sich alles. Das verändert deinen gesamten Mittelpunkt. Alles dreht sich nur noch um dieses kleine Wesen, du beginnst zu lieben, wie du es niemals für möglich gehalten hättest und alles, was du willst ist, dass es dem Baby gut geht und es sicher ist … dafür tust du wirklich alles egal wie schwer es dir fällt.«

Einen Moment sind alle ruhig, als würden sie an etwas denken und Belinda sieht, wie ihre Mutter gegen Tränen ankämpft, wie sie es öfter mal tut, wenn sie mit Belinda über solche Sachen redet. Sie hat es aufgegeben, nach ihrem Vater zu fragen oder warum sie keine Geschwister wie fast alle aus ihrer Klasse hat, weil sie weiß, dass ihre Mutter dann jedes Mal traurig wird.

Mandy ist es, die sich als Erstes wieder zu Wort meldet, als die Milchflasche leer ist und sie Belinda plötzlich nicht mehr so toll findet, sondern wieder rot anläuft und zu schreien beginnt.

Belinda ist froh, dass ihre Mutter schnell reagiert und Mandy auf ihren Arm nimmt und vor allem, dass ihre Mutter dann endlich nach ihrer Tasche greift und Belinda ihre Hand hinhält. »Ich komme dich nächste Woche in Ruhe besuchen.« Sie verabschiedet sich von ihren Kolleginnen und Belinda ist froh, als sie dann endlich zusammen das Büro verlassen und nach einem Rucksack schauen gehen.

Doch als sie am Fahrstuhl sind und Belinda hört, wie ihre Mutter tief einatmet, sieht sie hoch zu ihr. »Mama, wieso hast du Tränen in den Augen? Magst du Babys auch nicht wie ich?« Ihre Mutter lacht leise und streicht Belinda liebevoll über ihre Wange. »Nein, mein Schatz. Es ist nur so, dass manchmal, wenn ich dich ansehe, erinnerst du mich an jemanden.«

Sie steigen in den Fahrstuhl. »Oh und die Person ist böse und bringt dich zum Weinen?« Belinda drückt den Knopf für das Erdgeschoss. »Nein, nein, nur vermisse ich diese Person sehr, wirklich doll und manchmal, wenn ich dich ansehe, wird mir das wieder bewusst, also ist es etwas Schönes, weil jemanden vermissen bedeutet, du liebst die Person und Liebe ist immer etwas Schönes, oder?«

Belinda nickt und die Fahrstuhltür öffnet sich. »Aber jetzt lass uns erst einmal den schönsten Rucksack von allen für dich finden.«

Belinda beginnt zu strahlen. »Den schönsten der ganzen Welt!«

Kapitel 1

Belinda sieht traurig auf das Grab ihrer Mutter und zieht den Schal etwas höher in ihr Gesicht. Dicke Flocken fallen auf die harte Erde.

Es ist ganz still, alles hier ist mit einer funkelnden weißen Schneedecke zugedeckt. Es ist so anders als in Puerto Rico, doch auch wenn alle Schaufenster schön geschmückt sind und es aus den Türen nach Keksen und heißem Kakao duftet, kommt bei Belinda keine Weihnachtsstimmung auf.

Sie ist jetzt zwei Tage hier und hat sich das Wochenende mit April in ihrer Wohnung eingesperrt, auf der Couch gelegen, über alles gesprochen, alles ausdiskutiert, gedreht und gewendet, noch einmal von vorne versucht zu analysieren und doch sind sie beide kein bisschen weiter als vorher.

Das Leben in Puerto Rico lässt sich nicht beschreiben, lässt sich nicht erklären oder in eine Schublade stecken. Man kann es mit nichts anderem vergleichen und auch nicht denken, dass man viel dort verändern kann, man muss sich genau überlegen, ob man mit alldem leben kann oder nicht.

Sie hätte gern eine andere Antwort, eine Lösung, für sich oder für April, der sie ansieht, wie sehr sie das mit Alejandro trifft, wie sehr sie sich in ihn verliebt hat und ihn nun vermisst, obwohl sie wusste, dass eine Beziehung zu ihm kaum möglich ist und sie eigentlich nicht zulassen wollte, dass sie zu viele Gefühle für ihn entwickelt, doch man kann das nicht verhindern, so viel hat Belinda nun wirklich gelernt.

Sie hätte gern eine Lösung für sich und das Baby in ihrem Bauch, bis jetzt weiß nur April davon und ihre Reaktion hat ihr die Augen geöffnet.

Sie hat sie nicht freudig angestrahlt, sie kennt die Familias, den Hass zwischen allen, und als Belinda ihr von dem Baby erzählt hat,

hat sie ein leises 'oh nein' gemurmelt und Belinda fest in die Arme genommen.

Dann haben sie angefangen zu reden, versucht Lösungen zu finden, sich überlegt, wie es weitergehen kann, was Belinda machen soll, und doch steht Belinda nun zwei Tage später hier am Grab und weiß noch genauso wenig wie an dem Tag, als sie das Krankenhaus verlassen hat.

Sie war in dem Haus, in dem ihre Mutter gelebt hat, auf ihrer alten Arbeitsstelle, vielleicht hat sie versucht, ihrer Mutter wieder näher zu kommen, vielleicht hat sie gehofft, so eine Lösung zu finden, doch es hat nicht funktioniert.

Belinda steckt die Nase in den Himmel und lächelt, als die Schneeflocken ihr Gesicht befeuchten. Sie sieht wieder auf das Grab und atmet tief aus.

Das erste Mal versteht sie ihre Mutter wirklich.

Die ganze Zeit dachte sie, dass sie ihre Entscheidung, damals schwanger Puerto Rico zu verlassen, versteht, dass sie begriffen hat, wieso ihre Mutter den Mann, den sie liebte, verlassen hat und Belinda alleine so weit weg von allem aufzuziehen und ihr nie zu sagen, woher sie kommt und wer ihre Familie ist.

In Puerto Rico dachte Belinda wirklich, sie hätte verstanden, wieso sie das getan hat, doch erst jetzt, wo sie schwanger an ihrem Grab steht, versteht sie es wirklich.

Wenn Belinda sich für dieses Baby, das aus der Liebe zwischen Vidal und ihr entstanden ist, entscheidet, wird das alles ändern. Schon jetzt passt Belinda ungewöhnlich viel auf, dass sie nirgendwo anstößt oder sich überanstrengt, nicht bewusst, doch sie macht es völlig automatisch.

Sie liebt Vidal und ihre Familie über alles, doch es wird nichts daran kommen, was es ihr bedeuten wird, dass dieses Baby friedlich aufwachsen kann, ohne diesen Hass zu spüren, den diese Geburt entfachen wird. Und das wird es!

Dieses Kind wird ungewollt sein, niemand wird es lieben können, weil es zur Hälfte ein Sombras und zur Hälfte ein Puentes sein wird. Wenn Belinda an die Blicke ihres Vaters denkt oder die von Vidals Vater und sich vorstellt, dass sie so dieses Baby betrachten, wird ihr ganz anders.

Doch Belinda wird auch aus der Geschichte ihrer Mutter lernen. Sie liebt Vidal und sie weiß, dass Vidal dieses Baby lieben wird, zumindest darf sie es nicht vor ihm geheim halten.

Sie kann nicht einfach fliehen und davonlaufen, auch wenn sie weiß, dass es für das Baby das Beste wäre. Sie könnte das Baby bekommen und es könnte eine ebenso friedliche Kindheit wie Belinda haben, doch sie würde das Kind dem Vater vorenthalten, und das will sie nicht, nicht ohne mit ihm gesprochen zu haben.

Belinda atmet tief aus, gibt einen Kuss auf ihren Handschuh und berührt damit das Kreuz ihrer Mutter. Sie weiß noch immer nicht genau, was sie machen soll, doch sie weiß, dass sie handeln muss.

Eines haben April und sie allerdings schon festgestellt: Was sie auch tun wird, egal wie sie sich entscheidet, es wird immer jemanden verletzen, den sie liebt.

Es ist ungerecht, alle haben eine harte Zeit hinter sich, mussten mit vielem zurechtkommen, von dem sie niemals gedacht hätten, dass es eintrifft. Ihr Herz schnürt sich zusammen, wenn sie daran denkt, was Alena in den letzten Wochen mitmachen musste. Es ist so viel passiert, dass es Belinda wie eine Ewigkeit vorkommt, doch im Grunde ist all dieser Wahnsinn in wenigen Monaten passiert.

Sie sind überrannt worden, gelähmt, erdrückt von all den Dingen, die geschehen sind. Es war so schwer zu handeln, weil sofort etwas Neues passiert ist, man war eigentlich nur noch in der Lage, zu handeln, nicht wirklich überlegt zu reagieren. Und es gibt keinen, der nicht mit den Folgen zu kämpfen hat.

Belinda atmet tief ein, sie denkt an Alena, die so langsam wieder zu ihrem alten Ich findet, allerdings nur äußerlich. Sie hat oft bei ihr geschlafen und weiß, wie sehr sie die Gefangenschaft bei Benjamin noch immer quält.

Sie führt ihre Therapie in Puerto Rico fort und Belinda kann nur hoffen, dass es ihr besser gehen wird. Sie weiß, dass Alena mittlerweile auch eine tiefere Bindung zu Elian hat. Allein durch seine Rettung ist diese Bindung entstanden, doch die Zeit danach hat sie vertieft.

Alena spricht nicht darüber, doch hin und wieder fragt sie Belinda, ob sie Elian gesehen hat, was sie verneinen muss, sie schafft es ja kaum, Vidal zu sehen, weil sie es nicht dürfen. Nun ist die Zeit der Duldung wahrscheinlich komplett vorbei.

Belinda sieht, wie sehr Alejandro, Santos, Vidal und alle anderen Männer unter dem Verrat ihrer eigenen Männer leiden, gerade sind sie dabei, alles neu zu strukturieren und aufzubauen, doch Belinda ist sich absolut sicher, dass das noch eine ganze Weile nachhallen wird.

Alejandro stürzt sich wie ein Wahnsinniger in diese Aufgabe. Belinda weiß, dass er nicht gut und zu wenig schläft. Wenn er nicht arbeitet oder organisiert, trainiert er und wenn er den Namen April hört, verschwindet er so schnell er nur kann. Sie sieht die Tränen, die sich jedes Mal in den schönen Augen ihrer besten Freundin bilden, sobald Alejandros Name fällt.

Belinda kann nur den Kopf schütteln, sie denkt an Sofia, Suela, Dante und deren Mutter, wie sie nun erkennen, was für ein Unrecht ihnen allen all die Jahre angetan wurde und sie sich fragen müssen, ob das jemals wieder gutzumachen ist und sie Sofia in ihre Familie aufnehmen und über all die fehlenden Jahre hinwegsehen können.

Genau das Gleiche bei Roman, Petro, Alena und ihrer Tante. Natürlich kommen sie alle sich langsam näher, gewöhnen sich aneinander, doch sie sieht die Distanz in Petros Augen und weiß nicht, ob er sich wirklich jemals als Teil dieser Familie sehen wird.

Sie weiß, wie sehr es ihren Vater und Vidals Vater gestört hat, dass die Familias für eine gewisse Zeit zusammenarbeiten mussten. Sie haben es gehasst und daraus kein Geheimnis gemacht und jetzt, wo langsam, wirklich sehr langsam, alles zur Ruhe kommt, wird Belinda alles wieder aufwirbeln.

Alle kommen zur Ruhe, alle beginnen weiterzuleben, sich die Ärmel hochzukrempeln und die Scherben dieses furchtbaren Sturmes, der so lange über ihnen gewütet hat, zusammenzufegen. Jeder auf seine Art und jeder in einem anderen Tempo, doch sie alle gehen davon aus, dass nun alles vorbei ist.

Belinda spürt, wie ihr Tränen die Wange herunterlaufen und fasst an ihren Bauch. Doch nun wird sie all diese herbeigesehnte Ruhe wieder durcheinanderwirbeln.

Sie weiß, dass es auch so nicht leicht gewesen wäre, weil weder Vidal noch sie auf den anderen verzichtet hätten, doch sie wären bedachtsam und vorsichtig mit alldem umgegangen, eben weil sie beide die Wunden der anderen kennen und sie nicht wieder aufreißen wollen, doch nun wird Belinda nicht mehr behutsam vorgehen können.

Das ist nichts, was man monatelang verstecken kann … es ist … sie weiß selbst nicht, was es ist. »Wie hast du das nur ausgehalten?« Belinda flüstert die Worte zum Grab ihrer Mutter, wie viele Situationen von früher nun einen Sinn ergeben.

Ihre Mutter hat ihren Vater über alles geliebt, doch sie wollte Belinda auf keinen Fall in der Familia großziehen und hat ihn verlassen. Wenn Belinda sich das vorstellt, dass sie auf Vidal, auf das ganze Leben in Puerto Rico, ihre Familie, einfach auf alles verzichtet, um das Baby zu schützen und ihm eine sichere Kindheit zu ermöglichen, weiß sie, dass auch sie das tun kann, und es sieht nicht so aus, als hätte sie eine andere Möglichkeit.

Sie weiß, dass es wahrscheinlich darauf hinauslaufen wird, weil dieses Baby in Puerto Rico mit all dem Hass, was ihm oder ihr entgegenschlagen wird, niemals glücklich werden kann.

Doch ihr ist auch klar, dass das ein unbeschreiblich schmerzhafter Weg sein wird und nun versteht sie, warum ihre Mutter nie einen anderen Mann an ihrer Seite hatte. Sie hat ihren Vater immer geliebt. Nun versteht Belinda auch, warum sie manchmal Tränen in den Augen hatte, wenn sie Belinda angesehen hat, weil sie sie an ihn erinnert hat.

Allerdings hat Belinda nun zum Glück auch die andere Seite gesehen, sie hat gespürt, wie tief es ihren Vater getroffen hat, dass er sie nicht hat aufwachsen sehen, nichts von ihr wusste und sie weiß, wie sehr sie selbst darunter gelitten hat, nie zu wissen, wer ihr Vater war und daraus hat sie gelernt.

Sie wird Vidal von diesem Baby erzählen, er hat ein Recht, davon zu erfahren.

Fast als hätte er ihre Gedanken gelesen, klingelt Belindas Handy und sein Name steht auf dem Display. Sie atmet tief ein, er soll ihre Unsicherheit über das, was kommen wird und wie sie handeln soll, nicht mitbekommen, noch nicht jetzt, noch nicht, solange sie nicht zumindest eine Vorstellung davon hat, in welche Richtung sie gehen möchte.

»Hi.« Belinda wischt sich die Tränen aus dem Gesicht und versucht zu lächeln, als würde er sie sehen können.

»Hallo mein Herz, wie geht es dir?« Es ist ruhig bei Vidal, er hört sich verschlafen an und Belinda kann ihn förmlich in seinem riesigen Bett vor sich sehen, wie gerne wäre sie bei ihm, würde sich an seine breite Brust kuscheln, die trotz aller Härte immer ein Versprechen für Geborgenheit und Zärtlichkeit für sie ist.

»Gut, ich stehe hier gerade im Schnee.« Belinda weiß, dass es in Puerto Rico gerade sehr heiß ist. »Ist wirklich alles in Ordnung? Du hörst dich nicht so an.« Belinda unterschätzt das Band zwischen ihnen beiden viel zu oft. »Ja, mir geht es gut. Ich vermisse dich.« Belinda hört es rascheln. »Keiner hat dich gezwungen, dort zu sein. Du könntest jetzt auch schön gemütlich bei mir sein.«

Nun schafft es Vidal wirklich, sie zum Schmunzeln zu bringen. »Das klingt wirklich verlockend, aber ich muss auch ab und zu in mein altes Leben zurück.« Es fühlt sich so anders an, wirklich anders, auch wenn all das erst einige Monate zurückliegt, fühlt es sich an wie … Jahre. In den paar Monaten in Puerto Rico ist so viel passiert, dass damit wahrscheinlich fünf Menschen ihr Leben ausfüllen könnten und ereignisreiche Leben vorzuweisen hätten.

»Hauptsache du vergisst dein neues Leben nicht.« Belinda reibt sich über den Bauch, eine komische Geste, die sich aber plötzlich ganz selbstverständlich anfühlt. »Nein, das könnte ich gar nicht mehr.« Vidals Stimme wird ein wenig rauer und Belinda spürt, dass sie ihn wirklich vermisst. »Ist wirklich alles in Ordnung, Engel? Ich höre doch, dass etwas nicht stimmt.«

Wieder versucht sie zu lächeln, natürlich, sie kennen sich noch nicht jahrelang, doch sie hatten solch eine intensive Zeit zusammen und alles, was um sie herum passiert ist, hat sie so eng zusammengeschweißt, dass Belinda sich nicht vorstellen kann, dass dieses Band der Verbundenheit jemals weg sein könnte.

»Ich bin müde, das ist alles. Es ist schon ein kompletter Wetterumschwung, doch es ist wunderschön hier. Die Lichter, die geschmückten Straßen, ich habe nicht viel darüber nachgedacht, doch ich merke, dass das in Puerto Rico fehlt. Der Schnee, die Kälte, das gehört doch eigentlich zur Vorweihnachtszeit dazu.« Belinda streckt ihre Nase zum Himmel und dicke Flocken fallen in ihr Gesicht. »Nur wenn man es kennt.«

Es wird lauter bei Vidal. »Wo bleibst du, wir haben gleich einen Termin.« Belinda erkennt die Stimme von Vidals Vater und sofort wird sie unruhiger. Sie weiß, dass er nichts von ihrer Beziehung hält, wünschte, sein Sohn würde Belinda vergessen und sie aus seinem Leben streichen und sie weiß, dass es vor allem mit ihm und ihrem Vater am schwersten wird, irgendeine Lösung wegen des Babys zu finden.

Noch immer ist er in der Cuidad, er will seinen Söhnen helfen, die Familia komplett umzustrukturieren, doch seine Anwesenheit macht Belinda nervös.

»Ich muss Schluss machen, ich rufe dich später noch einmal an. Pass auf dich auf, ich liebe dich.« Belinda lächelt. »Ich dich auch.«

Sie beendet das Gespräch und sieht, dass sie eine Nachricht von ihrem Vater bekommen hat. Er schreibt, dass er sie vermisst und sie daran denken soll, ein Foto von ihren früheren Weihnachtfesten herauszusuchen. Sie hat ihm erzählt, wie sehr sie die Weihnachtsfeiern mit ihrer Mutter immer geliebt hat und er scheint ihr erstes Weihnachtsfest besonders schön gestalten zu wollen.

Belinda antwortet ihm, küsst noch einmal ihre Handschuhe und drückt diese auf das Kreuz am Grab ihrer Mutter. Sie wird morgen wiederkommen.

Als sie sich dann zum Gehen umwendet, schreckt sie zusammen und sieht in vertraute dunkle Augen. »Hallo Belinda.«

Kapitel 2

»Lewis ... ich ... was tust du denn hier?«

Belinda würde sich am liebsten die Augen reiben, als sie auf den dunklen Mann im Anzug sieht, mit dem sie nicht nur schöne Erinnerungen teilt. Wie immer sieht Lewis perfekt aus, er trägt einen teuren Anzug, seine Haare sind frisch geschnitten, er ist rasiert, der teure Duft von Aftershave liegt in der Luft und seine dunklen Augen sehen sie abschätzig an.

»Meine Eltern liegen hier in unserem Familiengrab und wenn ich hier bin, besuche ich deine Mutter auch immer ... .« Er legt eine weiße Rose auf das Grab ihrer Mutter, die sofort von Schnee bedeckt wird.

Belinda war enttäuscht über sein Verhalten und sauer auf Lewis, doch als sie ihm jetzt in die Augen sieht, ist von alldem nicht mehr viel zu spüren. Sie hat in der Zwischenzeit so viel Böses gesehen und so tiefen Verrat erlebt, dass ihr die Gemeinheiten, die Lewis aus verletztem Stolz getan hat, wie kleine Jungenstreiche vorkommen und sie lächelt über diese süße Geste.

»Das ist sehr nett von dir, ich schaffe es nicht so oft hier zu sein. April sieht ab und zu nach, ob alles in Ordnung ist und auch die Leute von ihrer Arbeit und aus der Organisation, doch es ist gut zu wissen, dass noch jemand hin und wieder hier ist.« Lewis tritt näher.

»Ich versuche so nur, ein wenig von meinem schlechten Gewissen loszuwerden und einiges wieder gutzumachen. Ich habe mich damals wirklich wie ein Arsch verhalten. Ich hätte dich am liebsten selbst kontaktiert und mich entschuldigt, aber nach der Ansage deines Bruders habe ich das lieber sein lassen.« Belinda hebt die Augenbrauen. »Ja ... ich habe endlich meine Familie gefunden. Er wollte mich nur beschützen, so sind ältere Brüder halt.«

Belinda wendet sich langsam in Richtung Ausgang und sie laufen die paar Schritte zum massiven Eisentor zusammen, es ist völlig still, nur das Quietschen der Schuhe im Schnee ist zu hören.

»Also, es wird sicherlich nicht jeder Bruder so … sein wie deiner, aber ich habe mich gleichzeitig auch für dich gefreut, dass du nun offenbar gut beschützt und geliebt wirst. Du bist in Puerto Rico sicherlich gut aufgehoben. Es tut gut, das zu wissen.« Belinda lächelt. Wenn Lewis wüsste, was da alles vor sich geht, würde er das nicht sagen, doch auch wenn es das allergrößte Chaos ist, liebt Belinda Puerto Rico mittlerweile schon sehr. Sie spürt nun, dass es immer ein Teil von ihr war, auch wenn sie früher nichts über das Land wusste.

»Was denkst du? Können wir der alten Zeiten wegen noch einen Kaffee zusammen trinken? Ich habe erst in einer halben Stunde meinen nächsten Termin.« Er deutet auf ein kleines Café gegenüber, das mit weißen Lichterketten geschmückt ist und auf dessen alten Holztischen weiße Kerzen brennen.

Wieso nicht? Sie muss eh noch auf April warten, deswegen stimmt Belinda zu, sie suchen sich einen gemütlichen Tisch und bestellen sich Kaffee und heiße Schokolade. Belinda fragt Lewis nach seiner Frau und den Kindern, und das erste Mal, seit sie sich kennen, erzählt Lewis ganz offen, wie es gerade bei ihm aussieht. Man spürt einfach, dass das zwischen ihnen nun eine komplett andere Basis hat als früher und das fühlt sich gleich viel besser an.

Er erzählt, dass seine Frau einiges erfahren hat und sie sich über alles ausgesprochen und beschlossen haben, ihrer Ehe und ihrer Familie noch eine Chance zu geben. Er gibt sich nun viel mehr Mühe und nimmt aktiver am Familienleben teil und das tut ihnen allen gut. Wenn sie Lewis nun so sprechen hört, merkt sie, dass es bei ihm wirklich eine Veränderung gibt.

Natürlich fragt auch er sie zu ihrem Leben aus. Belinda erzählt ein wenig von der Familie, wie viele Brüder und Cousins sie hat und wie ihr Vater ist, doch sie kann nicht zu sehr ins Detail gehen, aber auch ohne das sind ihre Erzählungen offenbar sehr beeindruckend. Er hört sehr interessiert zu.

Sie erzählt Lewis auch von Vidal, von ihrer Beziehung und wie viel er ihr bedeutet. Es ist schwer, jemandem das, was in Puerto Rico vor sich geht, was zwischen Vidal und ihr entstanden ist, zu erklären, ohne all die Dinge, die passiert sind und in den Familias bleiben, anzusprechen, doch sie scheint auch so klar gemacht zu haben, dass das nun alles für sie ist.

»Das hört sich sehr intensiv an, dafür, dass ihr noch nicht so lange zusammen seid. Richtige tiefe Gefühle und Vertrauen bildet sich meistens erst mit den Jahren.« Belinda nickt und nimmt noch einen Schluck. »Das kann in den meisten Fällen sogar stimmen, doch manchmal liegen die Dinge einfach anders und … es ist schwer zu erklären, was da alles zwischen uns passiert, doch ich bin sehr glücklich mit ihm.«

Lewis lächelt. »Er kann sehr glücklich sein, eine Frau wie dich zu haben. Deine Familie aber ist mit deiner Wahl nicht einverstanden, oder habe ich das falsch verstanden?« Sehr milde ausgedrückt.

»Nicht wirklich, aber sie werden sich daran gewöhnen. Eine Sache wollte ich dich noch fragen: Du hast vorhin gesagt, dass jetzt, wo die Kinder alle da sind und ein wenig älter werden, sich die Dinge zwischen dir und deiner Frau wieder beruhigen, was genau meinst du? War es in den Schwangerschaften so schlimm?«

Belinda hat sich noch niemals Gedanken wegen all solcher Dinge gemacht, sie wollte noch mindestens fünf Jahre warten, bis sie ein Kind bekommt. Lewis hat seinen Kaffee ausgetrunken, April schreibt ihr eine Nachricht und fragt wo sie ist und Belinda schickt ihr ihren Standort.

»Was heißt kompliziert? Es … ändert einfach alles. Von dem Moment an, wenn du weißt, dass ihr ein Baby bekommt, ändert sich alles. Die Frau verändert sich, du veränderst dich, es muss alles besorgt werden, es muss an alles gedacht werden, die Hormone lassen deine Frau plötzlich komplett anders werden … das alles macht den meisten Männern Panik, besonders wenn es nicht geplant war.

Wir wollten uns noch Zeit lassen, doch dann hat sich das erste Baby angekündigt und während meine Frau überglücklich war und nur noch Babystrampler shoppen wollte, habe ich zugesehen, wie sie immer runder wurde, bei jeder Kleinigkeit ausgeflippt ist und habe einfach ... gedacht, nun sei alles vorbei. Und das war dreimal so und nicht nur das, sie hatte in der Zeit auch zwei Fehlgeburten, es war einfach ein ziemlich großes Gefühlschaos, dazu kamen die Nächte, die man nicht geschlafen hat ... es ist nicht leicht ...«

Belinda unterbricht ihn. Herrgott, wie sie an all den normalen Wahnsinn, den so eine Schwangerschaft mit sich bringt, gar nicht gedacht hat, bei all dem Wahnsinn, der auch so schon herrscht. »Sie hatte Fehlgeburten?« Er nickt. »Ja, viele Frauen verlieren das Kind in den ersten Wochen, deswegen gibt man Schwangerschaften meistens auch erst nach drei Monaten bekannt. Aber um das jetzt alles nicht so negativ darzustellen:

Es ist das beste Gefühl der Welt, sein Kind im Arm zu halten, aber auch jetzt, wo der Älteste anfängt, mit dem Fußball auf mich zu warten. Wenn du in diese strahlenden Kinderaugen blickst ... Es gibt nichts Besseres ... aber für die Ehe, für die Partner ist es eine gewaltige Probe und wenn man dann nicht ein solides Fundament hat, was man sich zusammen über Jahre aufgebaut hat, scheitert man sicherlich auf der Strecke.

Also, falls du darüber nachdenkst, ein Baby zu bekommen, warte noch ein wenig und gucke erst, ob dieser Vidal auch noch in einem Jahr für dich da ist und ihr euch ein solides Fundament aufgebaut habt.«

Belinda trinkt auch ihre Tasse leer und nickt nur leicht. Guter Plan, doch dafür ist keine Zeit und ein solides Fundament haben Vidal und sie nun wirklich nicht. Sie haben eher ein übertrieben großes Chaos, das sich unter ihnen und um sie herum auftut.

Lewis sieht auf die Uhr, bezahlt und verabschiedet sich. Er fragt Belinda, wie lange sie noch da ist und sie sagt, dass sie nur einige Tage bleiben wird. Sie umarmen sich zum Abschied und Lewis sagt, sie soll sich melden, wenn sie das nächste Mal in Portland ist.

Zwei Minuten nachdem Lewis das Café verlassen hat, tritt April ein. Sie schüttelt sich den Schnee aus ihren langen, glatten Haaren und zieht sich die weiße Wollmütze vom Kopf.

April war im Laden, doch sie hat sich nicht geschminkt. Sie ist wunderschön. Belinda hat das schon immer so empfunden, doch gerade wird ihr das wieder klar, als ihre beste Freundin sie aus ihren großen Augen ansieht und verwundert zur Tür zeigt. »War das gerade Lewis, der in den Porsche gestiegen ist?«

Belinda erzählt April alles, auch über das Gespräch und wie sehr sie das mit der Schwangerschaft aufwühlt. April hat eher Bedenken wegen Lewis, doch da Belinda ihn nun nicht regelmäßig wiedersehen wird, ist es im Grunde egal, was da alles passieren könnte.

Allerdings sagt auch April, dass Belinda eh erst einmal schauen sollte, ob das eine intakte Schwangerschaft ist, bevor sie alle informiert. Die Ärztin hat ja noch nicht viel sehen können.

Wenn Belinda zurück in Puerto Rico ist, wird sie sich richtig untersuchen lassen und dann weiter handeln. Vielleicht weiß sie bis dahin auch endlich, wie es weitergehen soll.

Auch April und Belinda bleiben noch eine Weile in dem Café sitzen, bevor sie zu April gehen, sich auf dem Weg Chips und Pizza kaufen und sich gemütlich einen romantischen Weihnachtsfilm ansehen.

»Ist das nicht noch ein bisschen früh?« Lilly hängt die letzte Schleife an den Tannenbaum und steigt von der Leiter. Santos ist gerade nach Hause gekommen und sieht zufrieden zu ihr. »Es ist nie zu früh für Weihnachten. Die Bäume sind heute geliefert worden.« Santos sieht sich den Baum an, den Lilly die letzte Stunde geschmückt hat.

»Mein Vater möchte, dass dieses Weihnachten ganz besonders wird, die letzten Jahre hatten wir nur einen Baum für alle, wir haben schon lange kein richtiges Weihnachten mehr gefeiert, wir gehen zur Kirche und essen zusammen, mehr nicht, doch er möchte, dass wir wieder feiern wie damals, als meine Mutter noch gelebt hat, er möchte Belinda damit überraschen.«

Lilly lächelt, sie kennt die Familie von Santos schon so lange. Es ist einfach nur niedlich zu beobachten, wie viel Mühe sich nun alle wegen Belinda geben. »Ich habe gesehen, was alles geliefert wurde. Alle Häuser bekommen einen Baum, es waren auch zwei Frauen dabei, die alles dekorieren sollen, es waren zwei LKWs voll. Ich bin wirklich gespannt, was da alles passiert. Ich habe nur nach etwas Baumschmuck gefragt und habe all das bekommen.«

Sie schiebt die Leiter zusammen und sieht sich um. Auf dem Kamin liegt eine Girlande mit einer Lichterkette, silberne Hirsche und perfekt aufeinander abgestimmte Weihnachtsdekoration, auch der große Esstisch ist wie der riesige Tannenbaum mit Silber, Weiß und ein wenig Gold geschmückt. Es ist perfekt und wirkt einfach nur gemütlich.

Auch Santos sieht sich um, Lilly schaltet alle Lichter und Ketten an und macht das Licht aus. »So ist es perfekt.« Wenn nicht dreißig Grad draußen wären, könnte man denken, man ist im Wintermärchen gelandet. »Das hast du wirklich schön gemacht. Ich liebe es, dass dieses Haus endlich ein richtiges Zuhause geworden ist.«

Santos legt den Arm um Lilly und sie sehen sich zusammen den Tannenbaum an. »Das letzte richtige Weihnachten habe ich auch mit euch gefeiert, weißt du noch, mit deiner Mutter, als wir alle zusammen gefeiert haben, mit diesem leckeren Braten und den vielen Geschenken.« Sie haben die Feste früher meistens zusammen gefeiert, erst nach dem Tod von Santos' Mutter und als sie alle älter wurden, hat das langsam nachgelassen.

»Das wird ein besonderes Weihnachten, wir haben einiges zu feiern.« Lilly lächelt und legt den Kopf an Santos' Schultern. Sie hat nicht geglaubt, dass Santos und sie jemals wieder zusammenfinden und wenn, dann würde es nie wieder so werden wie früher, doch sie hat sich getäuscht und ist dankbar dafür.

Lilly ist einfach nur glücklich, sie war noch nie so glücklich wie jetzt mit Santos. Es war die letzten Jahre, als wäre sie so rastlos, völlig ohne Halt, doch jetzt mit ihm fühlt sie sich wieder geerdet, als würde die Welt sich wieder in die richtige Richtung drehen.

Erst vorhin hat Ponce ihr gesagt, wie schön es ist, Santos wieder so glücklich zu sehen, auch für ihn bedeutet es alles, dass sie sich wieder gefunden haben und sie beide tun alles dafür, dass sie sich nicht wieder verlieren.

Sie sind einfach glücklich, Lilly kann es nicht anders sagen.

Sie wünschte sich von Herzen, ihre Mutter wäre noch hier, um zu sehen, dass es ihr wieder besser geht. Sie weiß, dass sie sich Sorgen gemacht hat, weil sie gespürt hat, wie sehr Lilly leidet, die ganze Zeit, seit sie Puerto Rico verlassen hat, doch Lilly ist sich sicher, dass ihre Mutter sie aus dem Himmel beobachtet und weiß, dass alles wieder gut ist.

»Es ist so viel Neues, ihr seid alles Schlechte los, Belinda ist jetzt da … vielleicht wird es Zeit für neue Traditionen.«

Santos dreht seinen Kopf zu ihr und küsst ihre Wange. »Du hast recht, ich muss unbedingt unter die Dusche und wir können gleich anfangen mit neuen Traditionen.«

Schneller als Lilly reagieren kann, hat er sie sich über die Schulter geworfen und trägt sie zur Treppe. Lilly lacht auf und versucht, aus seinen starken Armen zu entfliehen.

»Ich dachte, es ist noch zu früh für Weihnachten.« Santos' Hände umfassen ihren Po. »Es ist nie zu früh für Weihnachten.«

Am nächsten Tag hat sich April freigenommen und sie gehen zusammen in die kleinen gemütlichen Einkaufsstraßen nach Weihnachtsgeschenken suchen. Belinda redet die ganze Zeit auf April ein, mit ihr zu kommen und bei ihnen Weihnachten zu feiern, doch natürlich möchte sie das nicht wegen Alejandro.

Am Anfang hat April Belinda gar nichts von ihm erzählt, dann hat sie ihr alles gesagt und konnte nicht aufhören, sich all den Kummer vom Herzen zu reden, doch jetzt spricht sie immer weniger von ihm und auch nicht gerne.

Belinda weiß, dass sie beide sich lieben und war wütend, als Alejandro das getan hat … doch kann sie ihn verstehen? … Ja.

Möchte sie April am liebsten bei sich in Puerto Rico haben? Natürlich, es wäre die perfekte Lösung.

Möchte sie, dass April in all dem Chaos in Puerto Rico lebt, bei all den Gefahren und ihr ruhiges Leben und den Laden, den sie immer wollte, aufgibt? Wie könnte sie das für April wollen?

Für Belinda ist die Vorstellung, April das alles zuzumuten, schon schwer, wie soll Alejandro sich erst dabei fühlen?

Sie möchte es nicht, doch irgendwo versteht sie ihn sogar. Er schreibt ihr wie auch all ihre anderen Brüder Nachrichten und fragt, ob alles in Ordnung ist, doch er fragt nicht nach April, trotzdem weiß Belinda, dass er an sie denkt und berichtet ihm jedes Mal, was April und sie gerade tun und dass es ihnen gut geht.

Deswegen versteht sie auch, dass April nicht mit ihr nach Puerto Rico kommen wird. Ihr Bruder und seine Freundin haben sich eine eigene Wohnung eingerichtet und haben April und ihre Mutter zu einem gemütlichen Weihnachtessen eingeladen, und am ersten Weihnachtstag geht sie mit einigen alten Freunden wie jedes Jahr abends feiern. Belinda war auch mehrmals dabei, sie gehen zu einer Weihnachtsstripper-Show und dann in einen Club. Es war wirklich immer sehr lustig, doch sie ist froh, dieses Jahr mit Vidal zu feiern.

Während sie durch die verschneiten Straßen laufen und immer wieder in die geschmückten Geschäfte gehen, kommt das erste Mal eine richtige Weihachsstimmung in Belinda auf. Gleichzeitig bekommt sie auch ein wenig Panik. Sie musste bisher immer nur für ihre Mutter, ihre Tante Laura, April und vielleicht noch ein paar Kleinigkeiten für andere besorgen, nun steht sie in den Geschäften und reibt sich die Stirn.

Das Erste, was ihr einfällt, sind teure Augenlidschatten-Paletten für Lilly und Alena. Sie haben einige Videos gesehen, wie damit wunderschöne Augen-Make-ups gezaubert wurden. Diese Palette ist ganz neu und von einer sehr bekannten Firma. Lilly wollte sich die unbedingt besorgen, sobald sie in Puerto Rico auf dem Markt sind, aber auch Alena war ganz fasziniert. Lilly und Belinda versuchen bewusst, sie immer wieder mit solch alltäglichen Dingen abzulenken und es gelingt ihnen auch sehr gut. Hier in Portland gibt es die Palette bereits und sie kauft sie für die beiden und auch gleich eine für Camilla und April.

Für Emilia kauft sie zwei Romane, die neu auf dem Markt sind und mehrere Nagellacke, mehr schminkt sie sich noch nicht, doch langsam öffnet auch sie sich immer mehr.

Alina ist noch viel zu kurz bei ihnen, doch Belinda mag sie und sie haben sich darüber unterhalten, dass sie sich ein wenig mehr mit Kinderpsychologie beschäftigen sollten, wenn sie das neu erbaute Center leiten wollen. Deswegen kauft sie ihr zwei Bücher dazu und ein wunderschönes Oberteil, was ihr sicherlich stehen wird. Alina ist sehr hübsch, eine richtige Latina mit sanften dunklen Augen und wunderschön dicken, langen Haaren. Sie mag sie sehr und freut sich schon darauf, mit ihr und den anderen zusammen das Center richtig zu eröffnen.

Bei ihren Brüdern weiß sie nicht weiter, sie gehen in die Parfüm-abteilung und Belinda kauft für alle Parfüm, für jeden einen anderen Duft, doch die Kassiererin sieht sie verwundert an, als sie mit Düften für ihre drei Brüder, ihre Cousins, ihren Vater und Vidal an die Kasse kommt. Aber sie möchte ihnen auch noch etwas Persönlicheres schenken, was sie schon geplant hat.

Sie hat mit jedem ihrer Brüder, ihrem Vater und allen zusammen Fotos gemacht, schon vor einigen Tagen.

Überall in den Häusern stehen Fotos der Familie, doch noch keines von ihr, deswegen lässt sie die Bilder entwickeln und in wunderschöne Bilderrahmen machen. So bekommt jeder zum Parfüm noch ein Bild von sich und Belinda. Dann findet sie noch sehr coole Shirts, von denen auch jeder eines bekommt. Ihr Vater bekommt zudem auch noch ein Bild von ihrer Mutter und Belinda, als sie noch sehr klein war, er mag das Bild und hat es auf seinem Handy. Belinda weiß, dass er es sich oft ansieht und nun kann er es sich in sein Wohnzimmer stellen, es gehört ja auch zu seinem Leben, auch wenn nicht so, wie er es sich vielleicht gewünscht hätte.

Für Vidal kauft sie noch eine schöne Uhr, er hat seine verloren, als er sein Leben für das von Belinda geben wollte. Belinda lässt auf die Rückseite der Uhr das Datum eingravieren, an dem sie sich das erste Mal gesehen haben und dazu 'Dir gehört mein Herz'.

Auch April ist fix und fertig, als sie all diese Besorgungen erledigt haben. Sie bringen die Sachen weg und fahren zum Dekorationsladen, wo sie Camilla in einem Videochat alles zeigen und mehrere Kunstblumen und Girlanden kaufen. Danach gehen sie noch etwas essen und fallen dann müde ins Bett.

Kapitel 3

»Hast du schon alles geschmückt?« Ponce sieht zu dem Wachhaus, neben dem ein Weihnachtsbaum steht. »Nein, ich habe alles in meinem Haus in eine Ecke geworfen, aber es soll wohl jemand kommen, der das erledigt. Seit wann schmücken wir das Wachhaus?«

Ponces Vater dreht immer mehr ab, er kann ja verstehen, dass er dieses Jahr wegen Belinda ein besonderes Fest feiern möchte, doch das ist immer noch die Cuidad der Sombras, ihre Feinde sollen vor ihnen Angst haben und nicht denken, sie wären hier am Nordpol.

Die Männer am Wachhaus lachen und sehen zum Baum. »Ich finde es gut, die Leute in der Küche backen tonnenweise Kekse und verteilen sie in den Häusern, ich habe schon mindestes zwei Kilo zugenommen.«

Rajo, ein alter Freund von Ponce, schlägt sich zufrieden auf den Bauch. »Gut zu wissen, ich muss heute Abend unbedingt wieder mal trainieren, und rate, wer mitmacht?« Sein Freund streckt ihm den Mittelfinger entgegen und Ponce lacht auf, als er weiterfährt und die Wachhäuser hinter sich lässt.

Er hat gleich einen Termin am Hafen, er muss Papiere unterzeichnen, die für den nächsten Monat alle Einfuhren bestätigen, danach trifft er noch einen alten Geschäftspartner, der einige Neuigkeiten für sie hat. Doch noch hat er etwas Zeit und hält das erste Mal an dem neuen Center, das immer mehr Form annimmt. Von außen ist es schon fast fertig, Ponce lässt sich immer auf dem Laufenden halten und weiß, dass Lilly, Alena, Belinda und vor allem Alina viel Zeit in dieses Projekt hineinstecken.

Er selbst hat einen weiten Bogen um all das gemacht, er hat Alina hergebracht, sie allen vorgestellt und sich dann zurückgezogen. Es ist nicht so, als hätte er sie aus den Augen verloren, doch er hat sich eher darüber informieren lassen, wie es ihr geht und was für Fortschritte sie alle machen.

Gestern Abend war er bei Santos und Lilly und sie hat erzählt, wie weit sie schon sind und wie sehr sie alle Alina mögen und dass sie immer wieder fragt, wie es Ponce geht, deswegen hält er jetzt und sieht selbst mal nach, was hier los ist, er kann sich nicht ewig davor drücken.

Ihm kommen gleich einige Bauarbeiter entgegen, doch man erkennt klar den Eingangsbereich, er weiß, dass dieser sehr abgesichert wird, damit die Frauen von ihnen, die hier helfen und die Kinder hundertprozentig geschützt sind. Er tritt in einen riesigen Raum, der mit bunten Malereien an den Wänden und vielen Tischen und Stühlen an eine liebevoll gestaltete Schulkantine erinnert und so ähnlich soll es ja auch sein.

Die Kinder sollen nach der Schule hier kostenlos Essen bekommen und ihnen wird bei den Hausaufgaben geholfen, außerdem können sie auch ein wenig hier spielen. Er geht einige Spielräume ab und Ponce weiß, dass ein Spielplatz und ein Fußballplatz erbaut werden.

»Hey, was für ein seltener Besuch.« Ponce dreht sich um, aus einem Küchenbereich kommt Alina. Er hat oft an sie gedacht, eigentlich ständig. Sie ist einfach nur wunderschön, sie ist eine typisch puertoricanische Schönheit, ihre goldbraune Haut, die langen schwarzen, dicken Haare, die Mandelaugen, das feine Gesicht, doch sie ist viel zu zart.

Auch jetzt, als sie zu ihm kommt und ihn anlächelt, erkennt Ponce sofort, dass sie zwar nicht mehr ganz so dünn ist wie damals, als er sie aus ihrem Haus und den Händen von Benjamin befreit hat, doch sie ist immer noch sehr zart. Keiner würde sie etwas Schweres tragen lassen, weil man glaubt, sie würde unter der Last zusammenbrechen, doch Ponce weiß genau, dass das nicht der Fall wäre. Er weiß, wie stark sie ist, er hat gesehen, was sie alles ausgehalten hat, dass sie ungern Hilfe annimmt und dass sie schon mehr durchgemacht hat als so mancher harte Kerl in ihrer Familia. Diese Stärke erkennt man in ihren schönen Augen.

Ponce räuspert sich und lächelt auch. Sie hat ein schönes Lächeln, er hat das noch nicht sehr oft an ihr gesehen. »Ja, ich dachte, ich gucke mal, wie weit ihr seid und ob du Hilfe brauchst.«

Alina sieht sich zufrieden um. »Wie gefällt es dir?« Er blickt auf die bunten Tiere und Figuren an den Wänden, er hätte sich als Kind hier sicherlich auch sehr wohl gefühlt. »Ich finde es gut, man merkt, dass ihr euch viel Mühe gegeben habt.« Alina legt einige Unterlagen auf einen Tresen. »Das haben deine Brüder auch gesagt, alle waren schon hier, nur du bisher nicht.«

Ponce sieht in ihr hübsches Gesicht. »Ich habe gesehen, wie gut dir diese Idee gefallen hat, hier zu arbeiten und ich wollte das nicht kaputt machen. Bisher gab es jedes Mal Streit, wenn wir aufeinandergetroffen sind und ich dachte, ich halte lieber erst einmal Abstand.«

Sie legt ihren Kopf ein wenig schief, als würde sie über seine Worte nachdenken und dann nickt sie ein wenig verwundert. »Das stimmt wirklich, ich weiß gar nicht ... na ja, es waren ja auch niemals normale Umstände, unter denen wir uns begegnet sind. Ich mag es hier aber tatsächlich sehr gerne und weiß gar nicht, wie genau ich mich bei dir bedanken kann, im Grunde habe ich all das nur dir zu verdanken.«

Er zuckt die Schultern. »Du brauchst mir nicht zu danken, wir hätten niemand Besseren als dich dafür finden können.« Die Bauarbeiter kommen zurück und Ponce sieht ihr noch einmal in die Augen. Er würde zu gerne wissen, wie es ihr wirklich geht, wie sie mit alldem was passiert ist zurechtkommt, doch genau ihm wird sie das sicherlich nicht einfach sagen, dazu sind sie schon viel zu oft und viel zu hart aneinandergeraten. Ponce bereut das jetzt, doch er wüsste auch nicht, wie er das damals hätte verhindern können.

»Falls ich mich dafür revanchieren kann, sag mir einfach Bescheid.« Alina lächelt, Ponce nickt und wendet sich schon ab, doch dann schließt er die Augen, vielleicht muss er einfach probieren, noch einmal einen Schritt auf sie zuzugehen, das letzte Mal hat es ja auch geklappt, er darf sie nur nicht überfordern und zu hastig vorgehen.

»Da fällt mir ein, ich wüsste doch etwas, bei dem du mir helfen könntest. Es ist ja bald Weihnachten und wie du wahrscheinlich schon gemerkt hast, hat mein Vater vor, dieses Jahr das beste Fest Puerto Ricos zu geben. Wir Brüder und unser Vater schenken uns nichts, wir verbringen einfach Zeit zusammen, doch ich … möchte Belinda etwas kaufen und habe keine Idee, was. Ich habe erst seit einigen Wochen eine Schwester und weiß nicht, was man da holen könnte.

Ich habe jetzt einige Termine und wollte dann etwas besorgen gehen. Vielleicht hast du Zeit, mich zu begleiten und mir zu helfen, etwas Passendes zu finden.« Alina nickt. »Ja gerne, ich überlege mir ein paar Sachen.« Ponce sieht sie noch einmal an. »Okay, dann hole ich dich gegen siebzehn Uhr bei dir ab.«

Alina lächelt und Ponce geht langsam zurück zum Auto. Das lief doch ganz gut. Sie haben sogar ein … was ist das … ? Eine Verabredung zum Geschenkekaufen, es ist kein Date, aber sie sind sich auch nicht an die Gurgel gegangen, kleine Schritte sind bei Alina das Allerwichtigste, mit diesem Wissen fährt er zufrieden zu seinen Terminen.

Am nächsten Tag ist April schon weg, als Belinda wach wird. In der Küche liegt ein Zettel, auf dem steht, dass April eine Überraschung für Belinda hat. Sie ist bereits im Laden, doch Belinda soll um zwölf Uhr unten sein, ein Auto holt sie ab und bringt sie zu der Überraschung. Belinda sieht auf die Uhr, sie hat nur noch eine halbe Stunde Zeit.

Während sie sich einen Kaffee macht, sich duscht, die Zähne putzt und eincremt, versucht sie April zu erreichen, die aber nicht an ihr Handy geht, sondern ihr nur ein lachendes Smiley schickt und sagt, Belinda soll ins Auto steigen und nicht zu neugierig sein.

Belinda hat wohl gar keine andere Wahl, vielleicht hat sie etwas mit den anderen geplant, mit denen sie früher ab und zu etwas zusammen unternommen hat, sie weiß es nicht, aber es wird sicherlich irgendetwas Verrücktes sein. Wenn es mit den anderen Mädels zu tun hat, werden sie sicherlich weggehen. Belinda hat nichts dabei, um sich zum Weggehen zurechtzumachen, sie gießt sich den Kaffee ein und geht zu Aprils Kleiderschrank.

Sie schließt die Augen, als sie am Kaffee riecht und will gerade etwas Passendes heraussuchen, da bekommt sie eine Nachricht von April. »Zieh dich sehr warm an.« Belinda seufzt auf, was hat sie vor? Sie möchte einen Schluck nehmen, doch hält ein und atmet tief aus.

Ihre Brüder fluchen oft, sie seltener, doch dieses Mal flucht sie leise, geht in die Küche, kippt den Kaffee weg und macht sich einen Kakao. Sie zieht sich eine warme Leggings und einen wollweißen, langen Strickpullover an. Er ist ihr zu groß und fällt über ihre gebräunten Schultern. Sie hat ihre dicken gefütterten Winterboots hier, die sie überstreift, nachdem sie sich einen Lidstich gezogen und die Wimpern getuscht hat. Sie legt Rouge auf, flechtet sich die Haare zur Seite und sieht in den Spiegel.

Sie sieht noch zu normal aus, falls sie doch etwas Besonderes geplant haben, deswegen trägt sie roten Lippenstift auf. Das wirkt immer edel und sexy und verfeinert das einfachste Outfit. Belinda hat neben dem Kakao auch noch zwei Scheiben Toast gegessen, jetzt ist sie spät dran, schnappt sich ihre Handtasche und geht nach unten, wo ein kleiner Bus steht, der oft für den Transport zum Flughafen gebraucht wird.

Fliegen sie weg? Was hat April vor? Sie steigt ein und der Fahrer fährt direkt los. Belinda fragt höflich nach, wohin es geht, doch der Fahrer erklärt ebenso höflich, dass er das nicht sagen darf. Belinda gibt auf, sie sieht aus dem Fenster, wie sie Portland verlassen und auf die Landstraßen fahren. Als sie allerdings nicht zum Flughafen abfahren, sondern weiter auf der Landstraße fahren, wird sie doch wieder aufmerksamer.

Der Fahrer fährt auf immer engeren Straßen, es tauchen immer weniger Häuser auf und die Schneelandschaft wird immer schöner. Dann kommt nichts mehr, weit und breit gibt es keine Häuser oder Geschäfte und der Fahrer biegt auf einen Waldweg ab. Was … Belinda bekommt Panik, ist sie wieder in einen Hinterhalt geraten? Aber April hat doch …

»Wir sind gleich da.« Belinda sieht nach vorn, sie fahren mitten auf einen Waldweg, doch dann tut sich vor ihnen eine Lichtung auf. Sie fahren auf ein Tor zu, der Mann hält und sieht Belinda an. »Viel Spaß und einen schönen Tag noch.« Belinda öffnet die Tür. »Was soll ich hier? Wer wohnt hier?« Der Fahrer schüttelt den Kopf. »Das weiß ich nicht. Ich sollte Sie nur hier absetzen.«

Belinda steigt aus und sieht sich um. Es ist wunderschön hier, doch auch gruselig. Sie will sich umdrehen und den Fahrer bitten zu bleiben, da gibt der schon Gas und Belinda sieht ihm wütend hinterher. Ganz wunderbar. Sie zieht ihr Handy heraus und sieht nach, ob sie noch Empfang hat, doch der ist nur minimal. Der Anfang eines jeden guten Horrorfilms.

In dem Moment summt es und das Tor lässt sich öffnen. Also muss jemand im Haus sein, was sie noch nicht sehen kann.

Belinda atmet tief ein, sie hat zu viel Schlechtes erlebt, doch sie muss all das von sich schütteln, Benjamin ist tot. Sie muss sich wieder fassen, also geht sie durch das Tor und einen kleinen Weg nach oben, bis sie auf ein kleines, gemütliches Haus blickt, das inmitten der schönsten Winterpracht liegt, die sie je gesehen hat.

Sie sind komplett von Wald umgeben, alles ist geschmückt und erstrahlt im dezenten Licht, auch wenn es noch hell ist. Belinda bestaunt das, was sich vor ihren Augen auftut und in dem Moment öffnet sich die Tür des Hauses und ihr Herz beginnt zu rasen.

»Vidal!«

Am liebsten würde sich Belinda über die Augen reiben, als Vidal im dicken grauen Hoodie und mit grauer Jogginghose gegen die massiven Holzbalken des Hauses lehnt und ihr entspannt entgegen grinst. Wie sehr sie diesen Mann liebt.

Belinda beeilt sich, zu ihm zu kommen, was gar nicht so einfach ist, weil alles so zugeschneit ist, doch sie läuft die Einfahrt entlang, auf der auch ein großer schwarzer SUV steht. Sie liebt seinen Blick auf sich, seine dunklen Augen fahren sie einmal komplett ab, doch es fühlt sich überhaupt nicht unangenehm an, sie sieht die Liebe, die in seinem Blick steckt.

»Was tust du hier? Wie kommst du hierher?« Belinda kann es gar nicht glauben und umarmt ihn freudig, sobald sie bei ihm ist. »Seit alles vorbei ist, hatten wir keine richtige Zeit nur für uns und ich muss morgen zu einem Termin nach New York und dachte, davor lasse ich mir endlich diese schöne Weihnachtszeit von dir hier in Portland zeigen, oder überhaupt Portland zeigen.«

Sie küsst ihn und legt ihre Arme um seinen Nacken. »Das ist die beste Idee seit Langem. Du hast mir so gefehlt. Hast du das mit April geplant?« Er küsst ihre Nase und schließt die Tür. »Sie hat mir geholfen ...« Erst jetzt sieht sich Belinda das Haus richtig an. Es ist traumhaft, es ist fast komplett aus Holz, doch trotzdem sehr modern. Ein Kamin mit weichem Teppich sowie vielen Kissen und Decken davor verspricht einige schöne Stunden, alles ist weihnachtlich dekoriert, es gibt eine luxuriöse Küche und man erkennt, dass in einem weiteren Zimmer ein großes Himmelbett steht.

Belinda blickt durch die verglasten Wände. Man sieht nur Schnee und Wald, es ist traumhaft, einige Bäume stehen auf dem Grundstück, die auch jetzt schon in weichem Weihnachtslicht erstrahlen. »Es ist wunderschön.« Vidal reibt sich die Hände. »Das ist es. Kalt, aber schön.« Belinda wendet sich wieder zu ihm um. »Ich glaube, ich habe dich noch nie so dick angezogen gesehen, steht dir.« Vidal lacht und deutet auf einige Tüten, die neben ihnen stehen. »Ich habe ja noch etwas geplant, deswegen müssen wir vorbereitet sein.«

Belinda liebt ihn über alles. »Dass du da bist, ist doch schon die beste Überraschung. Was hast du noch vor?« Vidal sieht auf die Uhr und an Belinda herunter. »Du musst noch besser eingepackt werden.« Er zieht aus der Tüte eine weiße Wollmütze mit einer eingenähten Puerto Rico-Fahne, Belinda muss lachen, als er ihr diese sorgfältig überzieht, er selbst setzt sich eine in schwarz auf.

Es ist egal, was Vidal trägt, er sieht immer gut aus. Belinda küsst seine Wangen, als er ihr einen kuscheligen Schal umbindet, ihr Handschuhe gibt und sich selbst auch noch dicker anzieht. »Okay, jetzt fange ich langsam an zu schwitzen. Was genau ...?«

Vidal öffnet die Tür und vor dem Haus steht eine weiße Kutsche mit weißen Pferden. So eine ganz alte Kutsche, mit einem alten Mann im dicken Wintermantel auf dem Kutschbock, auch die Pferde haben Decken umgebunden und Vidal holt ebenfalls eine weiche Decke aus der Tüte.

»Ich habe mir sagen lassen, dass man das um die Weihnachtszeit unbedingt tun sollte.« Belinda kennt wirklich viele Facetten von Vidal, aber diese romantische eher nicht, wobei sie natürlich auch noch nicht viel Möglichkeiten und Ruhe für so etwas hatten. Belinda ist zugegebenermaßen ein wenig sprachlos, als Vidal ihr auf die Kutsche hilft, er breitet die Decke über sie beide aus und der Kutscher fährt los.

Wenn Belinda darüber nachdenkt, dass sie hier mit dem Anführer der Puentes in einer Kutsche durch die Schneelandschaft fährt, fühlt es sich merkwürdig an. Als sie sich jetzt aber an Vidal kuschelt und auf die wunderschöne Landschaft blickt, die sich neben ihnen auftut, während sie einen Berg hochgefahren werden, schließt sie entspannt die Augen und küsst seinen Hals. »Ich weiß nicht, womit ich einen Mann wie dich verdient habe.«

Vidal lacht leise auf und verschränkt ihre Hände unter der Decke. »Ich habe dich nicht verdient, mein Engel, nicht andersherum.« Nein, sie weiß, dass es umgekehrt ist, doch sie sagt nichts weiter dazu, sondern zeigt ihm auf einer Wiese, an der sie vorbeifahren, eine Rehmutter mit ihren Kindern durch den Schnee wandern.

Auch wenn das nicht das ist, was Vidal gewohnt ist, spürt Belinda mit jeder Minute mehr, wie er sich entspannt. Es gibt nichts Beruhigenderes als die Vorweihnachtszeit. Sie kuscheln sich aneinander, bis sie an einem kleinen romantischen Restaurant halten, wo sie an einem warmen Kamin ein Drei-Gänge-Menü essen.

Und das erste Mal seit sie sich kennen reden sie nicht über Puerto Rico, nicht über die Familias, nicht über all das, was passiert ist. Vidal konzentriert sich voll und ganz auf sie. Er hat nicht einmal sein Handy in der Hand und sieht ihr die ganze Zeit in die Augen, es geht nur um sie zwei. Noch niemals hat Belinda die Zeit mit ihm so genießen können und es kommt ihr fast so vor, als würde sie sich neu in ihn verlieben.

Es ist so einfach, so weit weg von allem anderem, ihre Liebe und ihr Glück zu genießen und an nichts anderes zu denken. »Ich hatte das Gefühl, dass du etwas auf dem Herzen hast, als wir die letzten Male miteinander gesprochen haben.« Als sie fertig sind, beschließen sie, den Weg zurück zu laufen.

Er legt den Arm um sie und sie laufen langsam den Berg hinab zu ihrer kleinen Liebeshütte, in der schon ein gemütlicher Kamin auf sie wartet. Man hört nichts weiter als das Knirschen des Schnees und sie möchte all das auf keinen Fall mit der Neuigkeit ihrer Schwangerschaft zerstören. »Nein, es ist alles in Ordnung.« Vidal küsst ihren Scheitel. »Auch wenn wir alle gerade viel zu tun haben, weißt du aber, dass du mir alles sagen kannst, oder? Ich werde immer für dich da sein.«

Belinda weiß, dass Vidal sie liebt. Er wäre ohne zu zögern für sie gestorben und sie weiß, dass er immer zu ihr halten wird. Es wäre der perfekte Moment, um ihm von dem Baby zu erzählen, doch sie kuschelt sich noch enger an ihn und atmet seinen vertrauten Duft ein. »Ich weiß und du hast gar keine Vorstellungen davon, wie sehr ich mich auf diese kurze Zeit, die wir jetzt haben, freue. Das ist alles, was ich gerade brauche.«

Sie bleibt stehen, legt die Arme um seinen Hals und küsst ihn. Sie beide wissen, dass sie die nächsten Stunden genießen werden, doch nur Belinda ahnt, dass es vielleicht die letzten unbeschwerten Stunden sein werden, die sie in nächster Zeit haben und sie möchte sie um jeden Preis genießen.

Kapitel 4

»Barmherziger und guter Gott, segne diesen Morgen, den du mir geschenkt hast, dass es ein Tag des Heils werde, ein Tag, der mir und den Menschen um mich herum Segen bringt und Früchte trägt, die bleiben … Amen.«

Emilia bekreuzigt sich und steht auf. Sie konnte die halbe Nacht nicht schlafen, wie so oft in letzter Zeit. Deswegen startet ihr Tag erst jetzt, viel zu spät. Als sie noch auf der Insel gelebt haben, sind sie jeden Morgen zum Sonnenaufgang aufgestanden.

Es hat sich sehr viel verändert, es ist so viel passiert und genau das lässt Emilia nicht mehr schlafen. Sie sieht auf ihren Schreibtisch und zu der Bibel, die neben ihrem neuesten Liebesroman liegt. Ihre Gefühle sind gespalten, sie entdeckt neue Dinge und Vorlieben, die sie vorher nicht einmal erahnt hat, aber nun macht ihr all das Angst.

Wer ist sie? Was will sie? Was passiert mit ihren Plänen, wie soll sie jetzt weiter vorgehen?

Sie weiß es nicht. Sie hat sich einfach hier zurückgezogen. Noch wird das Haus für Petro und sie fertiggestellt. Emilia lebt solange bei Alena und Alicia. Sie mag es hier, sie fühlt sich wohl. Es macht Spaß, dabei zu helfen, das Center für die Kinder aufzubauen, es ist schön zu helfen.

Emilia mag es, Petro dabei zu beobachten, wie er seiner Schwester, der Mutter und auch seinem Bruder und den Cousins immer näher kommt. Sie ist jedoch enttäuscht von Sofia. Sie wollte sich mit ihr treffen und hat versucht, über Belinda Kontakt zu ihr zu bekommen, doch momentan genießt Suela ihre neue Familie zu sehr und hat keine Zeit, Petro und sie zu treffen.

Es ist nicht so, dass Emilia das nicht verstehen würde, auch sie hätte gern eine neue Familie gefunden, sie weiß, dass sie ein Teil der Familia ist, dass ihr Vater ein guter Freund von Ramiro war, und er hat in den letzten Tagen auch immer nach ihr gesehen und dafür gesorgt, dass sie alles hat, was sie braucht, doch das ist nicht dasselbe.

Sie haben vor zwei Tagen einen Kaffee zusammen auf ihrer Terrasse getrunken und er hat ihr ein wenig von ihrer Mutter und ihrem Vater erzählt. Emilia ist ihm sehr dankbar, dass er das tut, doch auch wenn sie auf Bildern nun die Ähnlichkeit erkennt, sind die beiden einfach Fremde für sie. Alles fühlt sich so falsch an, gut aber falsch und Emilia weiß gerade nicht mehr, wie sie sich verhalten soll.

Ständig fragt sie jeder, ob alles in Ordnung ist. Sie merken, dass sie sich immer mehr zurückzieht, doch sie kann mit niemandem darüber sprechen, weil niemand sie versteht. Es gibt nur einen Ort, wo sie vielleicht Antworten findet und Emilia muss unbedingt dorthin, am liebsten wäre sie in der Nacht schon gegangen, doch sie wollte nicht alle noch mehr aufschrecken, aber jetzt möchte sie es unbedingt.

Sie sieht in den Spiegel, zieht sich den knöchellangen schwarzen Rock und das weite und lange schwarze T-Shirt darüber. Sie bindet sich ihre langen Haare zu einem engen Knoten und bindet darum ein schwarzes Tuch. Sie trägt das Tuch mittlerweile immer moderner und lockerer. All das ändert sich, sie sieht auf ihre hellrosa lackierten Fingernägel und das Tuch, es gibt immer mehr Kontraste in ihrem Leben und es fällt ihr von Tag zu Tag schwerer, damit umzugehen.

Emilia atmet tief ein, sie hat nun auch ein Handy, das Petro ihr eingestellt hat. Eigentlich ist es gar nicht nötig, sie war noch nie allein unterwegs. Seitdem sie hier sind, hat sie die Cuidad nicht ein einziges Mal verlassen, doch nun muss sie es, um wieder einen klaren Weg einschlagen zu können.

Ihr Narbe am Bauch zieht, als sie sich bückt, um aus dem Schrank eine kleine Tasche zu holen. Alena und Belinda bringen ihr ständig Sachen mit, sie mag die beiden sehr und weiß ihre Bemühungen zu schätzen.

Alenas Therapie geht langsam weiter, auch Emilia soll nun wieder zu den Ärzten, die sich um die Narben auf ihrem Körper kümmern sollen. Sie sind nicht schön, Emilia vermeidet den Blick in den Spiegel, denn dann kommen ihr auch immer wieder die Bilder und Schreie und der anderen Nonnen, die sie großgezogen haben, vor das innere Auge.

Bevor sie wieder zu weit dorthin abschweift, legt sie ihr Handy in die Tasche und verlässt das Zimmer. Es ist ganz ruhig im Haus, sie weiß, dass vorhin jemand an ihr Zimmer geklopft hat und offenbar sind Alena und ihre Mutter nun weg. Sie wollte eh zu Petro, trinkt schnell ein Glas Orangensaft, isst einige Kekse und geht dann hinüber zu Romans Haus.

Jedes Mal wenn sie dieses Haus betritt, atmet sie tief ein. Es trägt den Duft von Roman und nun auch ein klein wenig von Petro. Sie ist nicht oft hier, nur wenn sie Petro sucht, doch von all den anderen Männern hier ist es Roman, der sich auch sehr um sie bemüht.

Emilia weiß nicht einmal, seit wann genau er damit begonnen hat, aber er bringt ihr öfter Bücher mit. Wenn er da ist, wenn sie in sein Haus kommt, reden sie ein paar Minuten miteinander, manchmal schickt er ihr Pizza oder einige andere Leckereien durch Alena mit, sie mag ihn und auch das lässt sich mit dem, wie sie leben möchte, nicht vereinbaren.

»Petro, ich …« Emilia stockt, als sie in den Wohnbereich tritt und neben Petro einen verschlafenen Roman, Ramiro, Alejandro und Alicia vorfindet, die alle zu einem geschmückten Weihnachtsbaum schauen. Alle sehen zu ihr und Emilia spürt, wie ihre Wangen rot werden, als sie bemerkt, dass Roman nur eine Shorts trägt. Das passiert ihr ständig.

Hier laufen alle Männer immer wieder mit nacktem Oberkörper herum, trainieren, gehen schwimmen, sie alle sind durchtrainiert, doch nur bei Roman wird ihr wärmer und sie wendet ihren Blick blitzschnell ab.

Doch sie spürt wieder seine grünen Augen, die forschend auf ihr liegen, er sieht sie nicht so an wie all die anderen Männer hier, die sie alle sehr respektvoll behandeln. Sein Blick ist anders.

»Entschuldigung, ich wollte nicht stören.« Ramiro lacht und deutet auf den Baum.

»Tust du nicht, Alicia und ich haben nur überprüft, ob die Weihnachtsdekoration überall angekommen ist, und gleich müssen Petro, Roman, Alejandro und ich einen neuen Deal besprechen, aber du weißt, dass du immer überall willkommen bist.«

Emilia lächelt. Er wird nicht müde mit seinen Versuchen, ihr zu zeigen, dass sie alle sie hier haben wollen. »Ich weiß, ich wollte eigentlich nur … also.« Sie legt den Kopf ein wenig schief. »Darf ich die Cuidad verlassen?« Alejandro setzt sich auf eines der Sofas, alle anderen Blicke ruhen weiter auf ihr.

»Natürlich, niemand ist hier gefangen, stimmt, wo du es sagst, du warst noch nie weg von hier, seit wir zurück in Puerto Rico sind.« Emilia nickt, als Alicia ihr antwortet. »Nein, genau genommen war ich niemals alleine irgendwo, immer nur auf der Insel, oder jetzt hier.« Einen Moment sagt keiner etwas, Emilia weiß, dass ihr Leben für die Leute hier nicht so leicht zu verstehen ist, aber Petro versteht sie, deswegen sieht sie ihn an.

Auch wenn er Roman ähnlich sieht, ist er für Emilia etwas ganz anderes, ein großer Bruder, ihr Fels, während Roman andere, beängstigende Gefühle in ihr auslöst. »Also, ich möchte in die Kirche und einige Sachen klären.«

Petro sieht gar nicht begeistert aus. Er übertreibt es ein wenig mit seiner Sorge um sie, seit er sie durch Benjamins Hände fast verloren hat.

»Ich kann dich später fahren, wir können aber sicherlich auch jemanden kommen lassen, du musst nicht raus und …« Emilia unterbricht ihn, sie weiß, dass er es nur gut meint. »Doch Petro, ich muss langsam mal raus und ich muss das auch alleine machen. Es ... ist wichtig. Ich brauche nur ein Fahrrad und ...«

Nun unterbricht Alejandro sie alle. »Mit einem Fahrrad kommst du hier nicht weit, hast du einen Führerschein oder kannst du Auto fahren?« Emilia schüttelt den Kopf. »Nein, aber vielleicht fährt ein Bus hier in der Nähe.«

Alicia lacht leise auf. »Ich muss in die Stadt. Ich fahre dich in die schönste Kirche hier, mein Termin geht bis abends und du kannst dir mal ein wenig mehr von San Juan ansehen.« Alicia legt den Arm um sie und möchte mit Emilia das Haus verlassen, doch es ist Roman, der sie mit seiner dunklen Stimme noch einmal zurückhält.

»Ich weiß auch nicht, ob das solch eine gute Idee ist. Sie sollte vielleicht lieber erst einmal mit einem von uns ihre Sachen erledigen.« Emilia und Alicia drehen sich noch einmal um.

»Sie ist zweiundzwanzig und wird bald dreiundzwanzig. Emilia wird das schon hinbekommen, wir sehen uns später.«

Nun sieht sie doch noch einmal zu Roman und direkt in seine strahlend grünen Augen. Der Kontrast zu seiner gebräunten Haut ist sehr stark. Manchmal nennt Alejandro ihn Raubkatze, weil sein Blick durch diesen Kontrast so gefährlich und wild wirkt und auch jetzt sieht man ihm an, dass er die Idee nicht so gut findet wie sie.

Allerdings wartet Alicia gar keine Antwort mehr ab. Sie bringt Emilia aus dem Haus und lacht leise, während sie zusammen zu den Garagen gehen.

»Du musst lernen, dich ein wenig von den besorgten Männern loszusagen, wenn es nach denen geht, bleiben wir alle hier immer schön bei ihnen in Sicherheit. Ich freue mich, dass du beschlossen hast, am richtigen Leben teilzunehmen.«

Emilia lächelt Romans, Alenas und auch Petros Mutter an und schweigt, sie weiß nicht, ob sie das wirklich vorhat.

Ehrfürchtig betritt Emilia kurze Zeit später die wunderschöne Kirche im Herzen San Juans. In einer halben Stunde beginnt die Messe und es ist noch ganz still. Emilia atmet tief ein, sie fühlt sich gleich so viel besser. Als sie mit Alicia in San Juan eingefahren ist und sie sie an der Kirche abgesetzt hat, war Emilia schon etwas mulmig zumute, doch nun beruhigt sich ihr Herz wieder, es ist genau das, was sie gebraucht hat.

Emilia geht den Gang entlang, berührt die alten Holzbänke und kniet sich vor das große Kreuz in der Mitte der Kirche. Am liebsten würde sie ihre Beichte ablegen, doch fürs Erste setzt sie sich in die vorderste Reihe, schließt die Augen und lässt diese Ruhe und Reinheit, die dieses alte Gebäude auf sie überträgt, tief in sich einwirken.

Erst als sie Geräusche hört und merkt, dass ein Priester auch anwesend ist und alles für die Messe vorbereitet, öffnet sie die Augen wieder und sieht ihn an. »Hallo Schwester, bist du das erste Mal in unserer Kirche?« Emilia nickt dem alten Mann zu, der langsam alles dort hinlegt, wo es hingehört. Das Weihwasser, die Bibel, auch wenn er diese Schritte wahrscheinlich schon viele Jahre macht, wirken sie doch sehr bedacht und genau.

»Ich hoffe, sie gefällt dir, bist du eine Novizin aus dem Orden im Süden?« Emilia streicht ihren Rock glatt, sie weiß, dass sie nicht mehr das typische Novizen-Kostüm trägt, was sie auf der Insel fast immer getragen hat, doch er hat es trotzdem gewusst.

»Nein … ich bin nicht von hier. Ich habe eine lange Zeit … woanders gelebt.« Er sieht sie an, wahrscheinlich strahlt sie das aus, was sie innerlich zerreißt und er bemerkt es. Langsam kommt er zu ihr und setzt sich neben sie. Zusammen sehen sie zum Kreuz hoch. »Wie kommt es, dass du so jung bist und dich schon für das Amt der Nonne entschieden hast?«

Wie soll sie all das erklären? Sie braucht Hilfe, einen guten Rat, also hat sie gar keine andere Wahl, als das in Worte zu fassen, was sie beschäftigt.

»Meine Geschwister und ich … wir sind auf einer Insel aufgewachsen. Ziemlich abgeschnitten vom Rest der Welt. Es waren mehrere Nonnen, die sich unserer angenommen haben und uns großgezogen haben.«

Ein ehrliches Lächeln setzt sich auf das Gesicht des Priesters. »Du bist eines der verstoßenen Kinder aus dem Kloster der Sicherheit.« Überrascht blickt Emilia auf, so wurde das Kloster genannt, in dem sie aufgewachsen sind, weil es sie vor dem Krieg der Familias schützen sollte. Aber wenn Emilia jetzt darüber nachdenkt … Natürlich weiß er Bescheid, die Nonnen kamen ja aus San Juan und sind auch regelmäßig mit dem Boot hergekommen, um neuen Proviant und alles andere zu besorgen.

»Ja, ich … Wissen Sie, was mit den Schwestern passiert ist?« Sie kann nicht verhindern, dass ihr Tränen in die Augen steigen, wieder hallen die verzweifelten Schreie der Frauen zu ihr durch. »Ja leider, wir haben das alles erfahren und auch, dass ihr weg seid. Wie geht es euch?«

Emilia wischt sich die Tränen aus dem Gesicht, als der Mann verständnisvoll seine Hand an ihre Schulter legt. »Es geht. Ich war lange im Krankenhaus und ich werde niemals vergessen was passiert ist. Der Mann, der … Benjamin ist tot und Sofia hat ihre richtige Familie gefunden, seitdem haben wir nicht mehr miteinander gesprochen. Petro ist noch bei mir, doch auch er hat jetzt ein neues Leben und seine Familie. Ich tue mich ehrlich gesagt ziemlich schwer mit alldem.«

Der Priester seufzt leise auf. »Das glaube ich dir. Meine Schwestern haben mir damals immer viel von euch Kindern erzählt, auch von dir, Emilia. Ich kann mir gut vorstellen, dass dieses Leben hier in der richtigen Welt einschüchternd sein muss.« Sie lacht leise auf. Nicht nur das.

»Es geht nicht nur um das Leben, es ist mehr. Als ich groß geworden bin, durften wir nicht viel. Wir mussten auf der Insel bleiben und sind daran fast zerbrochen. Besonders wenn man jünger ist und solche klaren Grenzen gesteckt bekommt, ist es unmöglich, nicht zu versuchen, diese zu überwinden. Die Schwestern sind manchmal an mir verzweifelt. Ich war so neugierig, so wissensdurstig, sie haben es nur geschafft, mich zu bändigen, indem sie mir die Bibel gegeben haben.

Das hat mich beruhigt, es hat mir Fragen beantwortet und mir einen Weg gezeigt, von dem Moment an wollte ich nichts weiter als Nonne werden. Ich kannte ja auch nichts anderes. Die Schwestern haben gewartet, bis ich sechzehn war und dann langsam begonnen, mich vorzubereiten, damit ich auch ganz sicher bin. Sie haben sich viel Zeit gelassen mit allem, doch ich wäre wahrscheinlich dieses Jahr noch in ein Kloster in ein anderes Land gekommen und endlich eine richtige Nonne geworden.

Nun ist alles anders gekommen und ich bin in dieser neuen Welt, lese Bücher, die ich nicht lesen sollte, habe Gedanken und Gefühle, die ich niemals haben wollte und bin wieder so … unendlich neugierig, verstehen sie?«

Er sieht ihr in die Augen und Emilia erkennt darin so viel Erfahrung und Weisheit. »Natürlich, das ist ganz normal. Du bist noch sehr jung und du kennst das Leben noch nicht richtig. Du wolltest Nonne werden, weil du nichts anderes kanntest, natürlich bist du durcheinander.« Emilia möchte, dass er es ganz versteht, sie erzählt ihm, was sie jetzt macht, auch von dem Center und den vielen neuen Menschen in ihrem Leben, aber auch davon, dass sie den Kontakt zu Sofia verloren hat und dass sie manchmal wünschte, sie wären wieder zurück auf der Insel, nur weil es dort so einfach war und ihr jetzt alles so groß, weit und schwer vorkommt.

»Ich kann nicht wissen, was das Beste für dich ist, meine Liebe, aber ich würde dir raten, dir Zeit zu geben. Es ist nicht Schlimmes daran, dieses neue Leben zu leben, öffne dein Herz dafür und gucke, ob es dich glücklich macht. Du kannst immer noch Nonne werden, das muss nicht jetzt sein und auch wenn du es nicht tust, bedeutet das nicht, dass du nichts Gutes tun kannst und nicht gottesfürchtig leben kannst, im Gegenteil. Du musst deinen eigenen

Weg finden und dir alles ansehen. Lebe dieses Leben und schau, ob du damit zurechtkommst. Gleichzeitig kannst du gerne auch mal einige Tage in unserem Kloster im Süden zu Besuch kommen und dir dieses Leben ansehen. Du musst einfach nur auf dein Herz hören, wie klingt das?«

Um ehrlich zu sein: fantastisch. Er hat recht, sie muss beidem eine Chance geben und gucken, für was sie sich dann entscheidet. »Sehr gut, danke. Ich nehme das Angebot mit dem Kloster gerne an.« Er steht auf, weil sich die Türen der Kirche öffnen und die ersten Leute eintreten.

»Und so lange freue ich mich, dich hier bei den Messen zu sehen. Bleib doch gleich hier.« Diese paar Worte haben ihr eine ungeheure Last von den Schultern genommen, sie hat sich die ganze Zeit schuldig gefühlt, dabei muss sie das gar nicht. Als sich die Kirche langsam füllt, schließt Emilia noch einmal die Augen, doch dieses Mal mit einem viel freieren Herzen.

Kapitel 5

Sie nimmt an der Messe teil und es fühlt sich wunderbar an. Alicia ruft sie kurz danach an und fragt, ob sie schon zurück möchte, da ihr Termin vorbei ist, doch Emilia möchte es noch etwas nutzen, dass sie jetzt schon mal in San Juan ist und sagt, dass sie sich noch ein wenig umschauen geht. Alicia hat nichts dagegen und erklärt, dass immer einer der Männer unterwegs ist und sie einfach Bescheid geben soll, wenn sie fertig ist, dann wird sie jemand abholen.

Es fühlt sich befremdlich an, nach der Messe durch die kleinen Straßen San Juans zu gehen. Für jeden normalen Menschen wird das nicht nachvollziehbar sein, wenn du aber fast dein ganzes Leben auf einer Insel verbracht hast, ist es merkwürdig, plötzlich durch Menschenmengen zu gehen und all diese vielen neuen Eindrücke auf dich wirken zu lassen.

Emilia wird kaum beachtet und das ist genau das, was sie mag und was sie mutiger werden lässt. Sie hat noch immer das Geld in ihrer Tasche, was Roman ihr in der Klinik gegeben hat, bisher musste sie nie Geld ausgeben. Sie hat von Ramiro eine Kreditkarte bekommen, mit der sie über einen gewissen Betrag verfügen kann und der ist sicherlich auch nicht gering, doch sie braucht gar nicht viel.

In einem kleinen Geschäft kauft sie sich ein Brathähnchen, das sie auf einer Bank an einem wunderschönen Brunnen isst. Sie holt sich ein Eis und etwas zu trinken und läuft eine Einkaufsstraße entlang. Emilia sieht die vielen hübschen Frauen, sie selbst ist ständig umgeben von Schönheiten wie Belinda, Alena, Lilly, auch Alina ist wunderschön, doch jetzt beobachtet sie die Frauen das erste Mal richtig.

Sie alle wirken so frei, sie tragen ihre Haare zurechtgemacht, sind geschminkt, meist sehr sexy angezogen, aber manchmal einfach nur sehr eigenwillig, viele scheinen mit ihrer Kleidung auch etwas aussagen zu wollen, so wie es ja Emilia auch tut. Zum ersten Mal betritt sie ein Modegeschäft.

Eigentlich ist es völlig schwachsinnig, sie geht an engen Hotpants vorbei, Bikinis, doch dann landet sie in der Abteilung für Kleider und findet ein Kleid, was sie sogar tragen kann. Es geht ihr nicht ganz bis zu den Knöcheln, aber es ist auch lang und die Ärmel gehen bis zu den Ellenbogen.

Sie würde so etwas mehr Haut zeigen als sonst, doch noch so wenig, dass sie sich wohlfühlt. Das Kleid sieht aus wie ein langes Hemd, man schnürt es unter der Taille mit einem braunen zarten Gürtel zu, doch sonst ist es weiter geschnitten und Emilia würde es tragen.

Sie nimmt es in schwarz und blau mit und auch gleich zwei weitere T-Shirts in einem Fliederton und einem zarten Rosa. Es wird Zeit, dass sie wenigstens versucht, etwas offener für das Leben zu werden, was sie hier erwartet, zumindest so viel, dass sie sich aber immer noch wohlfühlt, und dass Emilia nicht gleich einen Bikini anzieht und ins Meer springt, ist sicherlich allen klar.

Es fühlt sich gut an, sich selbst Sachen auszusuchen, sie bleibt vor einem Schuhregal stehen. Sie trägt meistens schwarze Sneakers oder Ballerinas, doch bei der Hitze wären offene Schuhe eine willkommene Abwechslung, und seine Füße zu zeigen, fühlt sich für sie nicht falsch an. Sie kauft sich schwarze Flipflops mit einigen Strasssteinen drauf und zusätzlich schwarze Sandalen.

Als sie alles an der Kasse bezahlt, muss sie nun doch auf die Kreditkarte zurückgreifen, sie ruft Petro an, der sie gleich fragt, ob alles in Ordnung ist und nachfragt, ob er sie abholen soll, doch sie sagt ihm, dass sie sich sehr wohl fühlt und fragt, ob sie wirklich so bezahlen kann.

Er versichert ihr, dass es in Ordnung ist. Er selbst hat mittlerweile schon viel für die Familia getan und wenn es ihr besser dabei geht, kann sie ja einfach davon ausgehen, dass es sein Lohn ist und dass Petro ihr keinen Wunsch abschlagen würde, weiß sie. Deswe-

52

gen bezahlt sie die Sachen und will eigentlich zum Hafen, doch dabei kommt sie an einem Buchladen vorbei und kann gar nicht anders.

Eigentlich möchte sie nur einmal nachsehen, was es dort so alles gibt, doch das erste Mal befindet sich Emilia in einem Buchladen und fühlt sich wie im Paradies. Sie liebt Bücher, schon immer, nur jetzt hat sie die Möglichkeit, alles zu lesen, was sie möchte. Sie stöbert überall herum und kommt erst nach anderthalb Stunden aus dem Laden.

Sie hat sich zwei neue Romane und sogar einen Fantasyroman gekauft, dazu eine Biographie einer jungen Frau, die ihr halbes Leben in einer Sekte verbracht hat, abgeschnitten von der Außenwelt. Es geht in dem Buch darum, wie sie sich von alldem befreit, auch vom Kopf her, und ihr neues Leben beginnt. Emilia hofft, dass das Buch ihr ein wenig hilft, freier zu denken und das, was sie sich vornimmt, auch umzusetzen.

Mittlerweile tun ihr die Füße weh und sie würde sich gerne die Flipflops überstreifen, doch ihre Füße sind nicht wirklich so schön gepflegt wie bei den anderen, sie hat sich nie groß darum gekümmert, außer die Nägel zu schneiden.

Also traut sie sich in das Nagelstudio gegenüber dem Buchladen, bekommt eine kalte Cola und während sie diese trinkt und beginnt, eines der neuen Bücher zu lesen, werden ihre Füße gepflegt und roter Nagellack aufgetragen. Die Farbe ist auffallend und Emilia hätte sie wahrscheinlich niemals ausgewählt, doch sie hat nicht aufgepasst und muss zugeben, dass ihr das Ergebnis gefällt.

Als sie danach in die Flipflops schlüpft und bezahlt, klingelt ihr Handy. Es ist Roman, er hat sie hin und wieder angerufen, eher selten, deswegen nimmt sie etwas verwundert an.

»Hi.«

»Hallo, wo steckst du? Ich bin auf dem Weg zum Hafen und könnte dich mitnehmen, wenn du fertig bist.« Emilia sieht auf die Uhr. Sie hat schon gemerkt, dass das Einkaufszentrum in der Nähe des Hafens ist und wollte noch einmal dorthin, so langsam wird es spät und sie sollte zurück, niemand hindert sie daran, öfter die Cuidad zu verlassen, nur sie selbst steht sich im Weg.

»Ja, wenn es dir nichts ausmacht, ich bin gerade am Hafen.« Sie verlässt das Einkaufszentrum und überquert die Straße zum Hafen. Der Duft des Meeres und ein Mix aus Fisch und Öl hüllt sie ein. Die Sirene eines großen Schiffes ertönt, bevor es losfährt und Emilia bleibt stehen und lässt all das auf sich wirken, sobald sie den Hafen betreten hat.

»Okay, wo bist du ungefähr?« Sie sieht sich um. Etwas weiter weg vom Trubel ist ein längerer Steg. Davor ist ein Restaurant. »Hier ist ein Restaurant. 'Haihappen'.« Es ist ruhig bei Roman, wo auch immer er gerade ist. »Okay, ich weiß wo das ist. Ich bin in ungefähr zehn Minuten da.« Sie legen auf und Emilia geht auf den Steg zu, davor kauft sie sich noch eine Tüte mit Churros und ein Getränk.

Sie hat nun zwei große Tüten bei sich und ist froh, als sie diese ablegen kann. Sie läuft zum Ende des Steges, hier liegen gerade keine Schiffe oder Boote, er ist etwas mehr abseits. Am Ende setzt sie sich hin, lässt die Tüten hinter sich, zieht die Flipflops aus und lässt ihre Beine über den Rand des Steges baumeln. Sie sieht auf das Rot der Nägel, isst die Churros, atmet den Duft des Meeres ein und lässt die letzten Sonnenstrahlen des Tages auf ihre Nase strahlen.

Emilia beobachtet, wie die Schiffe ein- und ausfahren und ist so in Gedanken vertieft, dass sie sich erschreckt, als Romans dunkle Stimme hinter ihr ertönt. »Offenbar hattest du heute richtig Spaß.« Emilia dreht sich um und lächelt, als sie in seine grünen Augen blickt. Er sieht auf die Tüten und einen Moment streift sein Blick auch ihre nackten Füße. »Ja, um ehrlich zu sein hatte ich das wirklich.«

Roman setzt sich zu ihr. Emilia mag seinen Duft, er ist ein sehr gepflegter Mann, auch wenn er eher sehr temperamentvoll und wild ist, ist er doch sehr gepflegt und hat auch eine sehr sanfte Art an sich. Man sieht das nicht oft, Roman wirkt sehr kalt und berechnend. Wenn er sauer ist oder ihm etwas nicht passt oder es um Geschäfte geht, ist er manchmal so berechnend, dass sie ihn kaum wiedererkennt.

Wenn er mit Alena oder seiner Mutter zusammen ist, oder auch wenn er mit ihr spricht, ist er ganz anders. Er ist nicht so lieb und einfühlsam wie andere Männer, doch er ist auf seine Art sehr liebevoll und ruhiger. Emilia hält ihm die Tüte mit den Churros hin und er nimmt sich einen. »Also, was hast du heute gemacht?«

Sie weiß nicht, ob er wirklich alles wissen möchte, doch sie sagt es ihm. Auch von ihrem Gespräch mit dem Priester erzählt sie ihm, von ihren Zweifeln an dem, was sie machen möchte und welchen Weg sie gehen soll und wie sie beschlossen hat, dieses Leben ein wenig mehr zuzulassen.

Es fällt ihr schwer, das allen anderen zu erzählen, doch bei Roman nicht so sehr, vielleicht weil er es war, der ihr das mit ihren Eltern erzählt hat und sie deswegen ein wenig das Gefühl hat, als könnte sie ihm solche Dinge anvertrauen.

Sie erzählt ihm aber auch, wie schön es war, endlich mal in einem Buchladen zu sein und dass sie sich ein paar neue Kleidungsstücke gekauft hat. Roman deutet auf ihre Füße. »Denkst du wirklich darüber nach, ins Kloster zu gehen und Nonne zu werden, Emilia? Willst du nicht erst diesem Leben eine Chance geben, eine Familie gründen, heiraten, all das, was sich Frauen doch eigentlich so sehr wünschen?«

Sie hat immer wieder auf das weite Meer hinausgeblickt mit dem Wissen, dass dort nicht sehr weit entfernt die Insel liegt, die ihr bisheriges Leben war. »Als ich dort gelebt habe ...«, sie deutet aufs Meer, »... hatte ich diese Alternative nie und dort habe ich diesen Entschluss gefasst.

Ich war bereit, mein Leben Gott zu widmen und bin es immer noch, auch wenn ich, wie gesagt ... schon ein wenig im Zwiespalt mit all den neuen Eindrücken bin. Außerdem hat mir eine der Schwestern erklärt, dass das mit der Familie gründen und dem Lieben eines Mannes nie eine gute Wahl ist.

Sie hat gesagt, dass je mehr du einen Mann liebst, umso mehr wird er dich verletzen. Sie war verheiratet und hat viele Kinder verloren. Sie hatte immer Fehlgeburten und wäre selbst fast gestorben dabei, doch ihr Mann wollte unbedingt Kinder, also haben sie es immer wieder versucht, bis er sie eines Tages verlassen hat und mit einer anderen Frau Kinder bekommen hat.

Das hat sie völlig zerstört, zwei Monate später kam sie zu uns auf die Insel und ist Nonne geworden. Ich möchte niemandem mein Herz in die Hände legen, ich traue Menschen dafür zu wenig. Gott hingegen wird dich immer lieben.«

Roman hat sie die ganze Zeit betrachtet und nun wendet auch sie ihren Blick wieder zu ihm. Die untergehende Sonne taucht seine goldene Haut in ein wunderschönes Licht, seine grünen Augen strahlen. Roman ist ein sehr attraktiver Mann.

Wenn Emilia Bücher liest, kommt ihr oft sein Bild vor Augen, wenn sie sich die Hauptperson vorstellt, meistens einen Bad Guy. Roman passt perfekt in diese Schublade, schön, wild, unmöglich zu bändigen und sehr gefährlich. Aber auch wenn sie seine sanfte Seite kennt, ist sie sich sicher, dass er schon viele Herzen gebrochen hat und auch noch brechen wird.

»Versteh mich nicht falsch, ich bin auch gläubig, doch das ist nicht richtig. Du musst leben, Emilia, lieben und ja, du wirst dir dabei auch wehtun, aber das gehört zum Leben dazu. Versprich mir, dass du erst dem Leben hier eine Chance gibst, bevor du so einen wichtigen Schritt gehst.«

Emilia sieht ihm in die Augen. »Versprochen.« Roman nickt und sieht noch nicht weg, was den Augenkontakt doch etwas zu intim werden lässt und somit Emilia zwingt, wegzusehen. Sie steht auf.

»So langsam sollte ich nach Hause, ich habe vor, in nächster Zeit öfter herzukommen und dem Leben eine Chance zu geben.«

Roman steht auch auf und nimmt die Tüten. »Genauso soll es sein!«

Sie gehen zusammen zu seinem marineblauen Sportwagen, Roman ist allein gekommen, doch als sie losfahren, ruft Petro an und fragt, ob Roman noch vorbeikommen will. Sie sind in einem Café und wollen später in einen Club gehen. Roman sagt, dass er Emilia absetzt und kommen wird.

Es freut Emilia von Herzen, dass sich die beiden immer näher kommen und auch, dass Petro seinen Spaß hat, eben auch dieses Leben zu leben lernt, doch sie wünschte, er würde es etwas vorsichtiger machen, sie muss ein wenig offener werden und er mehr aufpassen.

Als er auflegt, würde Emilia am liebsten fragen, wohin genau sie gehen und was da alles passiert, doch sie weiß, dass sie die Antworten wahrscheinlich gar nicht hören sollte. Sie fahren in die Cuidad ein und bevor Roman sie vor Alicias Haus absetzt, wendet er sich ganz zu ihr.

»Was hältst du davon, wenn ich dir das Autofahren beibringe?« Damit hat er sie nun wirklich überrascht. Autofahren? Sie? So wirklich hat sie nie darüber nachgedacht, doch es wäre am praktischsten.

»Ähmm … also ja, wenn du die Zeit dafür hast, ich weiß nicht, ob ich das kann, aber es wäre gut, wenn ich Autofahren könnte.« Roman lächelt. »Wenn du bereit dazu bist, komm rüber zu mir und wir starten.«

Emilias Herz schlägt schneller beim Gedanken daran, selbst Auto zu fahren und sie lächelt zurück, bevor sie aussteigt. »Danke … und viel Spaß heute. Bis morgen.«

Roman verabschiedet sich und Emilia nimmt ihre Taschen und geht schnell ins Haus. Sie wird diesem Leben eine Chance geben.

»Darf ich dich etwas fragen, ohne dass es wieder zu einem Streit zwischen uns kommt?« Ponce fährt auf den Parkplatz des großen Einkaufscenters und sucht sich ganz vorn am Eingang einen Parkplatz. Alina neben ihm sieht zu ihm.

Er hat sie von ihrem Haus abgeholt und sie sind sofort hergefahren. Natürlich hat er bemerkt, dass sie sich extra umgezogen hat. Sie trägt nun einen engen schwarzen Rock und ein rotes Top. Man sieht ein wenig ihren Bauch. Alina ist sehr schmal, aber trotzdem unglaublich sexy. Ihre langen Haare, die großen Creolen, sie ist eine Latina durch und durch.

Den ganzen Weg über hat er sie über das Vorankommen im Center ausgefragt. Er hat es zwar mit eigenen Augen gesehen, doch er möchte trotzdem wissen, ob sie zurechtkommt und sich auch wohlfühlt. Ihre großen Augen sehen ihn ein wenig vorwurfsvoll an. »Wir hatten keinen leichten Start, aber das bedeutet nicht, dass wir jetzt jedes Mal aufeinander losgehen müssen.« Ponce hält und sieht zu ihr.

»Seit ich dich damals aus dem Hotel geholt habe … hast du seitdem wieder getrunken?« Vielleicht ist es nicht besonders feinfühlig, doch er hat sich das oft gefragt. Als er sie damals völlig neben der Spur vorgefunden hat, lagen überall Alkoholflaschen herum und Ponce weiß, dass sie genug Schmerz in sich trägt, um in Versuchung zu geraten, ihn mit Alkohol betäuben zu wollen.

Alina bricht den Augenkontakt ab. »Nein, ich habe seit dem Tag keinen Schluck mehr getrunken. Ich hätte das auch nie tun dürfen, ich habe in einem Obdachlosenheim gearbeitet und mit eigenen Augen gesehen, was Alkohol anrichten kann. Doch ich war so … hoffnungslos. Doch dann kamst du und hast mich da rausgeholt.«

Ponce lächelt, er steigt aus und geht zu ihrer Tür, die er ihr aufhält. »Ich habe dir lediglich die Hand hingehalten, rausgezogen hast du dich am Ende selbst.« Alina nimmt ihre Tasche. »Dann danke dafür.« Er hält ihr seine Hand hin, damit sie aussteigen kann. »Jederzeit wieder.«

Vielleicht hat sich Ponce wirklich getäuscht und sie sind nicht dazu verdammt, ständig in Streit zu geraten. Er fühlt sich wohl, als sie zusammen durch einige Geschäfte laufen, sich immer mal wieder etwas ansehen, aber am Ende in einem Schmuckladen landen, was Ponce eh vorhatte. Mit Schmuck liegt man immer richtig. Sie sehen sich Armbänder an, von denen Belinda sehr viele hat, danach Uhren und dann Ohrringe.

Alina hält zwei in den Händen, beide sind klein und zierlich und doch wunderschön. Ein Paar hat eine Tropfenform aus echten Diamanten, das andere Paar ist auch sehr edel, es hat aber jeweils nur einen Stein und eine kleine verschlungene Form. »Die sind beide wunderschön, die sehen einfach sehr edel aus und sie passen zu allem, die hier haben das Symbol des Neuanfanges und sind deswegen so besonders.«

Ponce sieht einfach nur zwei paar Ohrringe, Alina merkt das zum Glück und hebt die tropfenförmigen hoch, wobei sie die anderen weiter in der Hand hält. »Ich denke, die sind genau richtig für Belinda.« Er gibt sie dem Verkäufer weiter, dabei entgeht ihm nicht, wie wehmütig Alina die anderen zurückhängt. Als sie sich umdreht und noch einmal die Ketten ansieht, deutet er dem Verkäufer, beide Ohrringe einzupacken und gibt ihm seine Kreditkarte.

»Du kommst doch auch zu der Weihnachtsfeier in der …?« Ponce dreht sich wieder zu Alina um und sieht, wie sie völlig erstarrt aus dem Laden zu einer Gruppe Männer blickt. Im ersten Moment versteht er nicht was sie hat, doch dann entdeckt er unter den Männern einen helleren von hinten, mit den Haaren und der Statur sieht er aus wie Benjamin … Ponce versteht sofort, was Alina erstarren lässt.

Er hat Alena öfter gebeten, mit Alina zu sprechen, er weiß, dass auch sie Hilfe braucht. Das was Benjamin ihr angetan hat, kann sie nicht einfach so alleine verarbeiten, doch Alena hat ihm gesagt, dass Alina darauf gar nicht eingeht. Sie lächelt jedes Mal nur und beteuert, dass es ihr gut geht. Alena denkt, dass sie noch nicht so weit ist und man ihr Zeit geben muss, doch jetzt sieht Ponce mit eigenen Augen, dass es ihr nicht gut geht. Er nimmt die Tüte mit den zwei Geschenken und seine Karte.

Als er zu Alina tritt, bemerkt sie ihn nicht einmal, deswegen legt er seine Hand an ihren Rücken und spürt, dass sie leicht zittert. »Er ist tot, Alina, du brauchst keine Angst mehr zu haben.« Mit diesen Worten holt er sie aus der Starre und im selben Moment dreht sich der Mann auch um und lacht und sie erkennt, dass es nicht Benjamin ist.

Ponce behält seine Hand an ihrem Rücken, als er sie aus dem Laden führt. »Sollen wir noch etwas essen gehen?« Alina schüttelt schnell den Kopf. »Nein, ich denke es ist besser, wenn ich langsam zu meinem Haus … also ich sollte schlafen …« Er nickt, ihm war klar, dass sie Hilfe braucht, doch nun hat er gesehen, dass sie sie dringender braucht, als er gedacht hätte, doch er wird sie nicht jetzt damit konfrontieren und somit überfordern, noch immer ist sie zitterig.

Am Auto dreht sie sich allerdings wieder zu ihm um und sieht ihm in die Augen. »Danke, dass du wieder da warst.«

Er lächelt.

»Jederzeit wieder!«

Kapitel 6

Es ist schwer, nicht die ganze Zeit verliebt vor sich her zu lächeln, als Belinda sich zu Alejandro ins Auto setzt. Es ist Weihnachten und sie ist gerade gelandet. Eigentlich wollte sie schon gestern kommen, doch sie hat gestern Nacht noch ein kleines vorgezogenes Weihnachtsfest allein mit April gefeiert und ist erst danach losgeflogen.

'Du fehlst mir'. Belinda sieht auf ihr Handy und ihr Herz springt ihr fast aus der Brust vor Glück. Dieser Tag und diese Nacht mit Vidal war wahrscheinlich die schönste Zeit, die sie beide miteinander verbracht haben. Belinda hat viele schöne Erinnerungen an ihre gemeinsame Zeit, doch das … es war traumhaft.

Nachdem sie langsam zurück zum Haus gelaufen sind, haben sie sich vor dem Kamin geliebt, während es dunkel wurde … die Weihnachtbeleuchtung und das Kaminfeuer, es war perfekt. Sie haben viel geredet, doch nicht einmal über Puerto Rico, sie waren im Whirlpool und haben sich einen Film zusammen angesehen, und das erste Mal, seit sie sich kennen, haben sie einfach ganz frei Zeit zusammen verbracht.

Ohne Gefahr, ohne verstecken, ohne Angelegenheiten der Familia zu besprechen. Belinda hat jede Sekunde mit ihm genossen. Am nächsten Tag sind sie nach Portland gefahren, sie haben dort gefrühstückt und Vidal wollte mehr über Belindas Vergangenheit erfahren.

Sie musste eh noch Bilder ihrer früheren Feiern für ihren Vater besorgen und so sind sie in das Gemeindezentrum gefahren, in dem ihre Mutter früher ehrenamtlich geholfen hat.

Sie wurden sehr herzlich begrüßt und Belinda hofft, dass Vidal durch die Erzählungen und Bilder einen Eindruck davon bekommen hat, was für eine besondere Frau ihre Mutter war. Danach waren sie noch auf dem Friedhof. Es fühlt sich fast so an, als kenne Vidal nun alles, ihr Leben in Puerto Rico, aber auch das frühere in Portland.

Belinda hat jede Minute dieser Zeit genossen, zusammen waren sie noch etwas einkaufen. Vidal hat noch einige Geschenke besorgt und sie waren mit April essen, bevor Vidal weitergeflogen ist, um Elian in New York zu treffen. Nun ist Belinda zurück, es war gar nicht so leicht, zurückzukommen, da ein wilder Schneesturm über einigen Teilen der USA gewütet hat.

Doch sie hat es gerade noch so geschafft, Elian und Vidal nicht. Sie stecken in New York fest und schaffen es nicht rechtzeitig zurück, um mit ihrer Familie zu feiern. Vidal hat ihr gerade geschrieben, dass seine Mutter sehr sauer ist, doch sie können nichts machen.

Die beiden Brüder treffen ein paar Freunde und gehen mit ihnen essen, sie empfinden das nicht so schlimm wie ihre Mutter. Vidal hofft, dass er morgen zurückfliegen kann, der Wetterbericht deutet allerdings etwas anderes an. Nun ist Belinda noch froher über die Zeit, die sie hatten, eigentlich sollten sie sich ja morgen treffen, doch wer weiß, ob das klappt.

'Du mir auch. Ich liebe dich'.

»Wie geht es April?« Belinda legt ihr Handy weg und sieht zu ihrem Bruder. Er trägt eine schwarze Anzughose und ein weißes Hemd. Belinda hat drei hübsche Brüder, sie sind alle sehr attraktiv, doch wenn sie feiner zurechtgemacht sind wie jetzt, wo sie direkt zur Kirche fahren, bemerkt Belinda das wieder ganz besonders.

»Wie soll es ihr gehen, Alejandro? Ich habe sie gefragt, ob sie mit uns feiern möchte, doch sie hat darauf verzichtet. Der Mann, den sie liebt, liebt sie zwar, aber möchte sie nicht an seiner Seite, wie soll sie sich da fühlen? Ich kann sie vollkommen verstehen, mit Vidal und mir war das genau das Gleiche und auch bei euch wird da noch nicht das letzte Wort gefallen sein.«

Belinda sieht in den Spiegel und trägt etwas matten roten Lippenstift auf. Sie hat sich im Flugzeug ein knielanges rotes Kleid angezogen, da es einen sexy herzförmigen Ausschnitt hat, zieht sie jetzt einen leichten weißen Cardigan darüber und knöpft ihn sich zu.

Sie spürt Alejandros Blick auf sich, als er an einer Ampel hält. Keiner spricht mehr über Vidal und sie. Es wurde geduldet, doch Belinda ist sich sicher, dass das langsam vorbei ist, aber alle wissen, dass sich weder Vidal noch Belinda voneinander fernhalten werden, deswegen vermeidet jeder das Thema.

Belinda wird ihrer Familia nicht sagen, dass Vidal in Portland war, doch vielleicht können sie sich das denken, sie weiß es nicht. »Vergleiche uns nicht mit Vidal und dir, das ist etwas ganz anderes! Glaube mir, April ist besser dran ohne mich. Ich habe für all das keine Zeit.« Alejandro hält vor der Kirche, viele ihrer Autos stehen hier.

»Alejandro, ich liebe dich, doch deine Sturheit steht dir nur selbst im Weg. Wenn du April wirklich liebst, wirst du schon bald merken, dass du falsch liegst und wenn nicht, dann hast du sie eh nicht verdient.« Sie sieht ihrem Bruder in die Augen und der lächelt. »Alles klar, Schwesterherz. Wie konnte ich nur jemals ohne dich überleben?« Belinda lacht und steigt aus. »Das frage ich mich auch.«

Sie scheinen die letzten zu sein. Zusammen gehen sie die Stufen der schönen Kirche hoch und treten ein. Während sie sich bekreuzigen, lässt Belinda das Bild auf sich wirken. Die gesamte Kirche ist gefüllt mit ihrer Familia. Sie sieht auf die vielen Männer, die sonst meist nur in Shorts und Shirts herumlaufen und nun alle in feinen Anzügen, Hemd und Hose in der Kirche sitzen und zu ihnen sehen.

Belinda lächelt jedem zu, weiter vorn sitzt Alicia neben Alena, Petro, Roman und Emilia. Belinda winkt ihnen zu. Eine Reihe weiter sitzen Levi und Rehan mit zwei Männern, die nun auch zu den engsten Kreisen gehören, sie haben es sich am meisten verdient, auch Belinda vertraut ihnen vollkommen. Ganz vorn sitzen ihr Vater, Santos und Lilly, Ponce und neben ihm Alina. Sie alle sehen zu ihnen. Belinda küsst ihren Vater und ihren Bruder genauso wie Lilly und Alina auf die Wange, bevor sie sich neben ihren Vater und Alejandro setzt.

Es brennen Kerzen, auch der Priester sieht noch einmal viel festlicher aus und als er dann das Wort erhebt, bekommt Belinda eine Gänsehaut. Er hält eine schöne Weihnachtsandacht, erinnert an das was wichtig ist, spricht auch an, dass es kein leichtes Jahr für sie alle war und dass sie diese Tage nutzen sollen und wieder enger zusammenzufinden. Als Belinda eine Stunde später mit ihrem Vater und Alejandro in die Cuidad fährt, weiß sie, dass sie das tun werden.

»Oh nein, ihr seid verrückt, was habt ihr getan?« Belinda traut ihren Augen nicht.

Die gesamte Cuidad ist geschmückt, überall stehen Weihnachtsbäume, die Häuser sind geschmückt, das weiße Weihnachtslicht brennt von allen Häusern auf die Straßen herab, Engel und wunderschöne Dekorationen schmücken vor jedem Haus den Rasen.

Sie können nicht weiterfahren, alle halten vorn in der Cuidad, denn auf der gesamten Straße sind viele Tische mit weißen Tischdecken aneinander gestellt, sodass es eine riesige Tafel ergibt, die durch fast die komplette Cuidad geht.

Auch die Tische sind wunderschön geschmückt mit weißen brennenden Kerzen, Weihnachtsdekoration und weißen Blumen. Belinda kann das alles nicht glauben, hier hat jeder Platz und alle setzen sich auch direkt an den Tisch.

Es kommen sofort Leute, die die Tische mit Truthahn, Gänsebraten, Knödeln, Süßkartoffeln und allem anderen, was Belinda immer zu Weihnachten gegessen hat, bestücken, auch puertoricanische Spezialitäten, die zu Weihnachten gegessen werden, sind dabei.

Belinda umarmt ihren Vater, er hat sich selbst übertroffen. Es dauert eine Weile, bis alle sitzen, doch dann atmet Belinda beeindruckt ein. Alle, wirklich jeder Mann der Familia, sie alle sitzen an der langen Tafel und sehen zu ihrem Vater, der neben ihr und am äußeren Ende des Tisches sitzt.

Er steht auf und hebt sein Glas. »Es gibt so einige Feste, die wir alle gemeinsam gefeiert haben, doch heute ist ein ganz besonderes. Es läutet eine neue Ära ein, wir haben unsere Familie von allen Betrügern befreit und ich bin mir absolut sicher, dass wir stärker aus alldem hervorgehen, als wir es eh schon waren. Es ist das erste Weihnachten, was wir als komplette Familie mit Belinda feiern und wenn ich euch jetzt alle so ansehe, bin ich mir sicher, dass nach einer ganzen Weile mit schweren Zeiten nun endlich auch mal wieder die gute Zeiten zu uns durchdringen.

Lasst uns heute genießen und uns auf die nächste Zeit freuen. Auf die Familia, auf die Familie, auf die Cinco Sombras!«

Alle heben ihre Gläser, auch Belinda, dabei streicht sie sich über den Bauch. Sie ist die Einzige, die hier weiß, dass die nächste Zeit nicht so unbeschwert wird, wie ihr Vater es hofft. Doch wie auch die letzten Tage verdrängt Belinda das lieber schnell wieder, sie tut sich von dem leckeren Essen auf und unterhält sich mit Lilly, die neben ihr sitzt über das, was die letzten Tage alles im Center passiert ist.

Das Essen schmeckt fantastisch, es wird leise Musik gespielt und alle unterhalten sich, essen und haben Spaß. Es ist ein anderes Weihnachten, doch als Belinda auf ihren Vater, Alejandro, Santos, Ponce und alle anderen sieht, die ihr mittlerweile so viel bedeuten, ist es genau das, was sich Belinda so sehr gewünscht hat.

Sie bleiben lange zusammen sitzen, wirklich lange, es wird viel gelacht und Belinda geht erst spät in der Nacht zu Alejandros Auto. Sie holt die Geschenke heraus und geht von Haus zu Haus, unter allen Weihnachtsbäumen liegen bereits Geschenke und Belinda legt ihre bei jedem dazu.

Als sie dann in das Haus ihres Vaters geht, ist der schon da. Er sitzt auf der Couch und sieht auf den geschmückten Baum, unter dem sich sehr viele Geschenke türmen. Belinda legt die Geschenke für ihren Vater dazu, setzt sich zu ihm und lehnt ihren Kopf an seine Schulter, sie ist müde, eine Müdigkeit vom vielen Essen umhüllt sie, die sie so nicht kennt.

»Die meisten Geschenke sind für dich, willst du sie auspacken?« Ihr Vater legt den Arm um sie. »Nein, morgen. Ich bin zu müde, was ist mit dir?« Ihr Vater zieht Belinda enger und küsst ihren Scheitel. »Ich habe mein Geschenk dieses Jahr schon bekommen.«

Belinda lächelt, sie weiß, dass er sie meint und schließt die Augen. »Ich bin froh, dass ich dich jetzt endlich bei mir habe.« Belinda schafft es nicht mehr, ihre Augen zu öffnen. »Ich hoffe einfach nur, dass wir uns nicht wieder verlieren.« Sie kann nicht anders und fasst an ihren Bauch. Ihr Vater lacht leise auf. »Niemals Prinzessin, da brauchst du dir keine Sorgen zu machen.!«

»Das Fest war sehr schön, ich weiß gar nicht, wann ich das letzte Mal so ein schönes Weihnachtsfest hatte.« Ponce begleitet Alina zu ihrem Haus, nachdem fast alle langsam das Fest verlassen haben.

Sie war fast den ganzen Abend an seiner Seite, zusammen mit Emilia, die bei Roman war. Es war schon ein wenig merkwürdig, doch es hat sich nicht falsch angefühlt. Er hat hin und wieder einen fragenden Blick von Alejandro oder seinem Vater aufgefangen, hat das aber gekonnt ignoriert. Sie alle wollten damals, dass er sich um Alina kümmert, das tut er.

Sie hat sich heute sehr zurechtgemacht, sie trägt ein enges schwarzes Kleid, das schulterfrei geschnitten ist und bis zu den Knien geht. Sie hat ihre Haare zu einem Dutt nach oben gebunden, schon den ganzen Tag genießt er ihren süßen Duft und wenn sie sich hin und wieder berühren. Flirten sie miteinander? Wahrscheinlich, doch er weiß, dass Alina gerade alles andere, aber keine Affäre haben möchte, nicht nachdem was Benjamin ihr angetan hat.

»Wie habt ihr bisher immer Weihnachten gefeiert?« Alina schließt ihre Tür auf, wahrscheinlich ist sie die Einzige hier, die ihr Haus abschließt. Deswegen hatten sie vorhin auch Probleme, alle Geschenke unter den Baum zu bekommen und mussten durch die Terrassentür.

Ihr Vater hat für alle Geschenke gekauft, für jeden Einzelnen in der Familia, auch Lilly und die anderen haben Alina etwas gekauft und sein Geschenk liegt ebenfalls unter ihrem Baum.

»Wir haben es in unserem Obdachlosenheim gefeiert, Essen zubereitet und versucht, die Menschen von ihrem Schicksal abzulenken. Zumindest solange, bis Benjamin all das zerstört hat.«

Sie sieht auf die vielen Geschenke unter ihrem Baum und lächelt, als sie sich zu Ponce umdreht. Herrgott, Ponce weiß nicht, ob er jemals eine Frau so schön wie sie gefunden hat.

»Danke, das ist ...« Er hebt die Hand. »Das ist ganz normal. Wenn wir dir helfen können, das was passiert ist zu verarbeiten, tun wir das sehr gerne.«

Alina sieht ihm in die Augen und beißt sich auf die Lippen. »Darüber habe ich wirklich schon nachgedacht. Ich ... Als Benjamin beschlossen hat, mich zu seiner ... Frau zu machen, wie er es genannt hat, war ich noch Jungfrau. Ich hatte keine Erfahrungen mit Männern und er hat mir gezeigt, dass all das krank und schmerzhaft ist, mehr nicht.

Ich habe Alpträume davon. Ich dachte, vielleicht könntest du mir zeigen, dass es ...« Ponces Herz schlägt schneller, als Alina immer näher kommt. Er hatte mit allem gerechnet, aber nicht damit, doch plötzlich hat sie einen ganz anderen Ausdruck im Gesicht als zuvor. Neugierig, verlangend, ihre Augen sind schon halb geschlossen und sie sieht auf seine Lippen.

»... anders sein kann ...« Ponce sollte das nicht tun, doch als Alina ihn küsst, kann er nicht anders. Er weiß nicht, was in sie gefahren ist, doch als er ihren süßen Geschmack spürt, geht seine Hand an ihre Wange und er küsst sie zurück.

Dafür, dass sie nur schlechte Erfahrungen gemacht hat, wird sie schnell fordernder. Ponce löst sich, als ihre Arme sich um seinen Nacken legen und sie aufseufzt.

»Denkst du, das ist so eine gute Idee? Ich meine ...« Alinas Hand fährt unter sein Shirt und streift seine empfindliche Stelle. Das war es dann mit seiner Vernunft. »Ja, es ist eine sehr gute Idee.« Ponce küsst sie, offenbar will sie es. Er schließt mit seinen Füßen die Haustür und sein Kuss wird verlangender.

Alina fühlt sich so gut an, ihre Haut ist so weich. Er löst seine Lippen, bringt sie in die Küche und setzt sie auf die Küchenanrichte. Alina seufzt auf, als er ihre Brüste umfasst und ihren Hals entlang küsst.

»Zeig mir, wie sich all das wirklich anfühlt, Ponce.« Sein Name auf ihren Lippen und dabei dieser schnelle Atem bringen auch noch seine letzten Zweifel zum Bröckeln. Seine Hände schieben ihr Kleid nach oben und fahren unter ihren Slip, doch in dem Moment stößt sie ihn von sich.

»NEIN!« Ponce atmet schneller, entfernt sich einige Schritte von ihr und sieht sie verwundert an. Sie ist noch völlig außer Atem, doch auch Tränen liegen in ihren schönen Augen und sie zieht ihr Kleid wieder herunter. »Nein, ich kann das nicht. Es ... ich dachte, das würde helfen, aber ich bin ... es tut mir leid, Ponce.«

Noch immer atmet Ponce schneller, Alina ist allerdings schon wieder ganz klar bei Verstand. Er sieht, dass sie mit ihren Gefühlen kämpft und sich schämt. Während sie von der Anrichte herunterkommt und ihn schon fast zur Haustür schiebt. »Es ist nicht schlimm, ich meine, ich wollte das nicht ...« Alina schüttelt den Kopf und Ponce wird bewusst, was er da gesagt hat.

»Also ich meine, natürlich wollte ich, aber ...« Alina öffnet die Haustür und Ponce geht hinaus. »Es ist meine Schuld, Ponce, vergiss das Ganze einfach. Wir sehen uns!«

Mit diesen Worten schließt Alina die Tür und Ponce steht wie der letzte Depp vor der Tür, völlig überfordert, sein Körper will noch immer nichts anderes, als Alina ganz zu spüren, so sehr, dass es ihn schon fast schmerzt, er atmet tief ein, was war das?

Ein Auto fährt vorbei, Roman guckt heraus und sieht ihn verwundert an. »Was tust du da? Wir gehen noch feiern, kommst du mit?« Ponce flucht noch einmal und steigt hinten ein. Das ist eine gute Frage, was macht er hier überhaupt?

Kapitel 7

»Okay, was hältst du davon, ein wenig mehr Gas zu geben?« Emilia traut sich nicht, zu Roman zu sehen, sie blickt auf die Straße vor sich und konzentriert sich darauf, dass nichts auf die Straße läuft. »Ich würde eher sagen, ich sollte etwas langsamer fahren, wenn jetzt ein Kind oder ein Tier vor mein Auto laufen würde ...« Roman lacht und Emilia würde am liebsten zu ihm sehen, sie mag es, wenn er lacht, sein sonst so ernstes Gesicht wirkt ganz anders und er bekommt ein Grübchen auf der rechten Wange, doch sie krallt sich weiter am Lenkrad fest und sieht auf die Straße.

»Es könnte gerade eine komplette Katzenfamilie über die Straße laufen und würde es rechtzeitig schaffen, bis du ankommst.« Nun sieht Emilia doch zu ihm und auf sein freches Grinsen.

Weihnachten ist vorbei, sie hat dieses Fest das erste Mal wirklich gefeiert. Eigentlich wollte sie nicht, doch Petro, Alicia und auch Roman haben sie quasi dazu gezwungen. Letztlich ist sie ihnen dankbar dafür, sie hat diese Tage sehr genossen.

Sie waren in der Kirche und hatten ein tolles Weihnachtsessen. Emilia hat für einige ein paar Kleinigkeiten zu Weihnachten besorgt, doch es waren wirklich nur Kleinigkeiten. Für Belinda, Alicia, Alena und Lilly Bücher, die sie bestimmt mögen werden, Alena hat ihres sogar schon gelesen und ist begeistert. Für Sofia hat sie ein Parfüm gekauft, auch wenn sie nicht weiß, ob sie sie demnächst mal treffen wird.

Für Petro, Ramiro und Roman hat sie Schlüsselanhänger gekauft für ihre Autos. Sie hat die gesehen und musste sie kaufen, es sind Engel mit einem wunderschönen Psalm, sie sind extra geweiht worden und waren auch nicht billig, doch so kann sie hoffentlich etwas zurückgeben von dem, was sie alles für sie tun. Alle haben sich gefreut, und wie Emilia heute gesehen hat, benutzt Roman den Engel auch wirklich, doch sie haben sie mit ihren Geschenken sprachlos gemacht.

Emilia ist es nicht gewohnt, viel Aufmerksamkeit oder gar Geschenke zu bekommen, Ramiro hat für alle Geschenke gekauft und er hat sich wirklich für jeden etwas einfallen lassen. Emilia hat einen wunderschönen Bilderrahmen mit den Bildern ihrer Eltern bekommen. Dazu noch eine zarte Kette mit einem Kreuz. Sie hat sich so gefreut, dass sie die Tränen schwer herunterschlucken musste, die ihr in die Augen gestiegen sind. Sie hat von Belinda und Lilly Bücher bekommen, die sie sofort zu lesen begonnen hat, Alena hat ihr das passende Armband zur Kette mit ihrer Mutter zusammen geschenkt, doch am allermeisten hat Emilia beeindruckt, was sich Petro und Roman zusammen haben einfallen lassen.

Noch in der Nacht haben sie sie in das noch nicht fertiggestellte Haus von Petro und ihr gebracht. Neben ihrem zukünftigen Schlafzimmer haben sie einen Raum völlig umgestaltet. An allen Wänden sind weiße Bücherregale eingebaut. Es ist ein Kamin, der wegen der in Puerto Rico herrschenden Hitze, nur elektronisch funktioniert, doch davor steht ein gemütlich wirkender, wunderschöner alter Lesesessel, in weiß, mit roten kleinen Blüten darauf.

Sie haben ihr ein richtiges Lesezimmer bauen lassen. Emilia hat beide umarmt und sich bedankt, es ist das schönste Geschenk, das sie jemals bekommen hat. Sie kann auch heute nicht fassen, dass sich die beiden solche Gedanken um sie gemacht haben. Bei Petro ja, natürlich, aber Roman? Doch Petro hat ihr versichert, dass er sich genau wie er darum gekümmert hat.

Emilia hat den halben nächsten Tag in dem Zimmer verbracht und schon ihre Bücher eingeräumt, doch dann haben Belinda und Lilly sie abgeholt und sie haben sich mit Alena ein paar Liebesfilme angesehen, alle im Pyjama, ungeschminkt, ein Frauenabend bei Alicia im Haus, die sich auch zu ihnen auf die großen Sofas und Sessel gesetzt haben.

Irgendwann haben sie Matratzen nach unten gebracht und es sich noch gemütlicher gemacht. Sie haben viel gegessen und gelacht, sich die allerschönsten Schnulzen angesehen und so viel Eiscreme gegessen, dass sie Bauchschmerzen bekommen haben. So hat sich Emilia immer eine richtig schöne Weihnachtszeit vorgestellt, diese Tage faul und entspannt mit Menschen zu verbringen, die man mag. Hin und wieder kam einer der Männer zu ihnen, deswegen hatte sie immer ein Tuch umgebunden, auch Roman hat sich mit ihnen einen Film angesehen, bevor er mit Alejandro und Ponce noch feiern gegangen ist.

Er saß neben ihr auf der Couch. Emilia weiß nicht viel über das Leben und schon gar nicht von der Liebe, doch es war komisch, das erste Mal hat es sich merkwürdig angefühlt, Roman so nah zu sein, nicht falsch, doch anders, aufregend. Emilia kann diese Gefühle nicht einmal beschreiben, die sie in dem Moment gespürt hat und war wirklich froh, als der Film vorbei war und er gegangen ist. Ihr hat das Gefühl Angst gemacht, weil es so intensiv war.

Gestern haben sie alle zusammen gegrillt und den Tag im Garten verbracht, nicht sehr weihnachtlich, aber trotzdem schön, und heute Morgen hat Emilia Romans Angebot angenommen und sie sind in eines seiner Autos gestiegen. Es sieht sehr teuer aus, doch Roman hat ihr versichert, dass es am leichtesten zu fahren ist.

Jetzt gerade fühlt sie diese Aufgeregtheit nicht, zumindest gerade nicht wegen Roman, sondern weil sie wirklich fährt, sie fährt die Straße der Cuidad entlang. Belinda ist gerade aus dem Haus ihres Vater gekommen und zu Santos hinübergegangen und hat den Daumen hochgehalten, offenbar fährt sie nicht schlecht. »Hör auf, dich über mich lustig zu machen, ich könnte nicht damit leben, wenn wegen mir irgendein Mensch verletzt wird. Fahre ich so langsam?«

Sie fahren auf das Wachhaus zu. »Sagen wir es so, wenn das ein Schaltwagen wäre, wärest du zumindest seit einigen Minuten in den zweiten Gang gekommen, du steigerst dich.« Emilia atmet tief aus. Roman greift an ihre Hände und schlägt das Lenkrad ein wenig ein. »Bremse langsam.« Sie halten neben dem Wachhaus. »Wir fahren jetzt auf die Straße.«

Emilia hat sich sicherlich verhört. »Nein, ich meine … hier ist das doch schon fürs Erste genug. So etwas kommt doch sicherlich erst nach zwei, drei Wochen Fahrt. Ich kann das noch nicht.« Roman lässt ihre Hände los, sie weiß, dass sie sehr zart und hell ist, doch wenn Roman seine Hände neben ihren hat, wird ihr das wieder richtig bewusst.

»Es gibt nichts mehr, du weißt, wo du Gas geben musst, wie du lenkst und wo die Bremse ist, mehr brauchst du erstmal nicht. Ich habe dir das Buch mit den Verkehrsregeln gegeben, die musst du nach und nach anwenden können, doch ein wenig auf der Straße fahren wirst du schaffen. Glaub an dich, ich tue es.«

Einer der Männer aus dem Wachhaus sieht zu ihnen und schüttelt den Kopf. »Ich dachte schon, du bist immer noch so betrunken von gestern.« Roman lacht und sieht Emilia in die Augen. »Komm schon, Emi, du schaffst es!« Roman nennt sie öfter so, als Einziger, erst hat es sie gestört, doch langsam gewöhnt sie sich daran. »Okay, aber wenn ich es nicht schaffe … wechseln wir die Plätze.« Er nickt und sie fährt langsam wieder an.

Mittlerweile üben sie schon zwei Stunden, Roman hat ihr vieles gezeigt und erklärt, sie haben lange das Anfahren geübt, zu wenden, die Spur zu halten und jetzt soll es schon hinaus auf die Straße gehen. Emilia konzentriert sich, als sie langsam die Cuidad verlassen. Plötzlich hält ein Auto neben ihr, sie hat Alejandro gar nicht gesehen, der sie überholt und neben ihnen fährt. Roman lässt ihr Fenster herunter und Alejandro seines auf der Beifahrerseite.

»Was treibt ihr hier schon den ganzen Morgen?« Roman legt den Kopf schief. »Nach was sieht es aus? Wieso bist du schon unterwegs? Sollten wir nicht später erst die neuen Kunden treffen?« Belindas Bruder zuckt die Schultern. »Eigentlich, doch sie haben mich gebeten, in ihr Hotel zu kommen, weil sich etwas Neues ergeben hat. Ich treffe dort in der Nähe eh Santos, deswegen fahre ich mal sehen, was die wollen.«

Roman nickt. »Ich komme später auch dazu. Ich rufe dich an.« Alejandro nickt, sieht sie beide noch einmal an und gibt dann Gas.

Emilia sieht fasziniert, wie Alejandro die Ausfahrt verlässt und sich zwischen all den anderen Autos in der Fahrspur eingliedert.

»Genau das tun wir jetzt auch.« Emilia spürt, wie ihre Hände schwitzen. »Ich weiß nicht, ob ich das kann.« Roman deutet auf das Ende der Einfahrt. »Fahre etwas langsamer und blinke und zwischen dem roten und dem blauen fährst du einfach rein, das klappt schon.«

Es muss klappen, sie hat keine andere Wahl, jetzt rückwärts zu fahren, könnte sie noch weniger, geradeaus bekommt sie zumindest schon ein wenig hin und wenden kann sie hier nicht mehr. Also bremst Emilia etwas und als das rote Auto vorbei ist, gibt sie Gas. »Nicht zu schnell, langsam ... und atme.« Emilia hat Panik, als sie auf die Straße einfährt, doch Roman hält seine Hand ans Steuer, auch wenn er es nicht berührt, und das gibt ihr zumindest so viel Sicherheit, dass sie es wirklich schafft, sich zwischen diesen beiden Autos einzureihen.

»Oh mein Gott, hast du das gesehen?« Sie lacht, sie hat es wirklich geschafft und jetzt fährt sie zwischen den beiden Autos ganz normal die Straße entlang. »Ich sagte doch, du schaffst das. Jetzt fahre einfach eine Weile geradeaus.« Bei Roman hört sich das so leicht an, doch nach der ersten Kurve merkt sie, dass die Autos hier alle schneller fahren und sie das somit auch tun muss.

Emilia umklammert das Lenkrad noch mehr, ihr Griff wird fester und ihre Augen sehen alles ab, nach hinten, nach vorne, ob von irgendwo etwas kommt, doch sie schafft es, zwischen den beiden Autos zu bleiben und eine ganze Weile einfach mit dem Verkehr mitzufließen, bis Roman ihr sagt, sie soll auf einen kleinen Weg abfahren.

Wieder hält er seine Hand hin, um eventuell eingreifen zu können, doch Emilia schafft es und sie halten auf einer kleinen Parkbucht, hier stehen keine anderen Autos und wahrscheinlich wird das hier zum Wenden genutzt.

Roman schaltet das Auto aus und sieht zu ihr. »Atme und lass das Lenkrad los, du hast das gut gemacht.« Sie hört auf ihn, atmet tief ein und lässt das Lenkrad erleichtert los, das erste Mal, seit sie losgefahren sind. Roman greift nach ihren Händen und sieht, wie rot die Innenflächen sind, so fest, wie sie das Lenkrad umfasst hat.

Auch Emilia sieht auf ihre beiden Hände, wieder ist dieser unverkennbare Kontrast sofort sichtbar und als er mit seinem Daumen über ihre Handinnenfläche streicht, ist wieder dieses Gefühl vom Abend auf der Couch da. »Du musst dich nur noch mehr entspannen.«

Langsam spürt Emilia, wie die Anspannung nachlässt, sie lehnt sich zurück und sieht aus dem Fenster. Ihr Handy piept, sie hat es auf der Ablage in der Mitte liegen und erkennt, dass Petro ihr eine Nachricht geschrieben hat. »Ich … Das zwischen Petro und dir ist doch wirklich nur … wie Bruder und Schwester, oder?« Mit dieser Frage bringt Roman sie nun komplett aus dem Konzept. Sie sieht zu ihm und direkt in seine stechend grünen Augen.

»Natürlich, wie kommst du darauf, dass es anders sein könnte?« Roman bricht den Kontakt nicht ab. »Als du heute morgen bei uns warst und ich dir gesagt habe, dass du besser nicht bei ihm reinsollst, weil er gestern Nacht eine Frau mit nach Hause gebracht hat, warst du schon wieder so … schockiert, wie fast immer, wenn Petro etwas mit Frauen hat. Wenn du wie seine Schwester bist, sollte dir das doch nichts ausmachen.«

Sie spürt, dass sich ihr Blick verändert. »Aber ich liebe ihn, Roman, und möchte nur das Beste für ihn. Ich möchte, dass er irgendwann eine Frau findet, die er wirklich liebt und mit der er eine Familie gründen kann.« Es ist fast unwirklich, wenn man aus nächster Nähe in Romans Augen sieht. Sie haben so einen schönen Grünton, ein sehr helles Grün, fast türkis und sie wirken so hart und unerbittlich.

»Aber das eine schließt das andere doch nicht aus, er kann erst seinen Spaß haben und irgendwann, wenn die Richtige da ist ...« Emilia schüttelt den Kopf. »Und was ist, wenn sie ihn dann nicht möchte? Wenn ich mir jetzt vorstelle, überhaupt jemals etwas mit einem Mann anzufangen, sollte ich auf das Kloster verzichten, und würde ich dann erfahren, dass er schon unzählige Frauen vor mir hatte, würde ich ihn nicht mehr wollen. Wie soll ich wissen, dass es für ihn etwas Besonderes ist, mich zu küssen, wenn er bereits hunderte Frauen vor mir geküsst hat, davor möchte ich ihn bewahren. Es ist es doch nicht wert, vielleicht niemals eine gute Frau finden zu können.«

Während sie all das gesagt hat, hat sich Romans Gesichtsausdruck wieder verändert, fast wirkt er noch ernster, sie wünschte, er würde wieder lächeln, doch das tut er nicht. Er nickt und räuspert sich. »Ich verstehe ... vielleicht hast du da sogar recht.« Das hat sie auf jeden Fall. »Möchtest du zurückfahren, oder ...?« Emilia ist schon aus dem Auto ausgestiegen. »Für heute reicht es.«

Die Fahrt kam ihr ewig vor, doch als Roman jetzt zurückfährt, sind sie in zehn Minuten in der Cuidad. Er hält vor Santos' Haus, bei dem Belinda und Lilly gerade mit Ramiro stehen, der Lilly etwas auf dem neuen Handy erklärt, was sie bekommen hat. Emilia fällt ein, dass Roman sich gleich mit Alejandro noch treffen wollte. »Danke, dass du dir die Mühe machst und mit mir übst. Ich hoffe, ich stelle mich nicht zu dumm an.« Roman sieht ihr noch einmal in die Augen, doch dieses Mal bleiben seine Augen hart, kein Lächeln zeichnet sich auf seinem Gesicht ab. »Kein Problem.«

Emilia würde am liebsten fragen, was los ist, doch Roman steigt schon aus und will etwas zu Ponce und Petro rufen, die gerade vom Training auf sie zukommen, was man an ihrer Kleidung erkennt. Auch Emilia steigt aus. Die beiden trainieren ständig zusammen. Doch noch bevor Roman etwas sagen kann, klingelt das Handy von Ramiro und auch das von Ponce.

Sie geht zu Belinda und Lilly, die erst richtig aufmerksam werden, als Ramiro zu fluchen beginnt und auch Ponce am Handy lauter wird. Offenbar hat er Santos am Apparat, während Ramiro mit Alejandro redet.

»Diese verfluchten Puentes, damit haben sie ganz klar die Waffenruhe gebrochen, ich bin sofort da. Wartet auf mich, bevor ihr handelt!« Emilia sieht verwundert zu Lilly und zu Belinda, die in den letzten Tagen eh etwas blasser um die Nase war, doch jetzt so aussieht, als würde sie jeden Moment umfallen.

Ramiro wendet sich zu Roman, Ponce und Petro. »Steigt ein, es reicht ein für allemal!« Roman hebt die Augenbrauen. »Endlich!« Ponce und Petro laufen beide in die Häuser und kommen zwei Sekunden später mit Waffen wieder heraus. Sie rufen einem Mann zu, dass er einige Männer zusammentrommeln und ihnen folgen soll und dann ist es Belindas Stimme, die all das unterbricht.

»Nein ... nein, das dürft ihr nicht, das ...«

Ramiro hält ein, bevor er sich ins Auto setzt und sieht zu ihr. »Wir hatten lange genug Geduld, Belinda. Es reicht!«

Ohne noch etwas abzuwarten, setzt er sich neben Roman, und das Auto, mit dem sie gerade noch so friedlich umhergefahren ist, rast davon, dahinter direkt ein Auto mit Ponce und Petro. Andere Männer setzen sich in weitere Autos. Emilia sieht zu Lilly und Belinda und erkennt an ihren geschockten Gesichtern, dass das etwas Schlimmes zu bedeuten hat.

Kapitel 8

»Wie findest du die Blumen? Sie würden genau in das Farbschema passen.« Camilla setzt sich zu Dante, der sich gerade aus der Küche einen Teller Nudeln geholt hat. Er war heute den ganzen Vormittag mit Benito und Cuca unterwegs, um Anzüge anzuprobieren. Sie hatten ihren Vater dabei und auch wenn Dante gesagt hat, dass es okay war, weiß sie, dass ihn das ganze Drumherum um die Hochzeit nervt.

Es sind nur noch ein paar Tage und Camilla hat wirklich versucht, ihn so gut es geht aus allem herauszuhalten, doch sie möchte auch nicht, dass er sich selbst nicht wohlfühlt auf der Hochzeit. Gestern sind auch die letzten von der anderen Cuidad gekommen, auch ihre Familie ist angereist. Sie haben sie in einem Gästehaus untergebracht, nach und nach kommen auch Freunde und andere Familias angereist.

Sie wollten eine kleine Hochzeit, doch dann haben sich Vidals Mutter, Dantes Mutter und Cucas Mutter zusammengesetzt und sie hatten eine immer größer werdende Liste. Camilla ist dankbar für die Hilfe, doch auch sie hat das Gefühl, dass das alles zu viel wird, zu viel für das, was sie eigentlich wollten.

Besonders während der letzten Tage haben alle auf sie eingeredet, da sie zusammen waren durch Weihnachten. Vidal und Elian haben es nicht geschafft, rechtzeitig hier zu sein und so haben sie ohne sie gefeiert. Doch sie hatten eine wirklich tolle Zeit, es war ein schönes Fest, man spürt, dass wieder Ruhe einkehrt und sich alle an die neuen Strukturen gewöhnen.

Auch Dante ist wieder der gleiche entspannte Mann, der er war, als sie sich kennengelernt haben. In der Zeit, als all das mit Benjamin passiert ist, hatte Camilla manchmal das Gefühl, sie würde Dante gar nicht mehr kennen.

All das ist vorbei, natürlich spürt man noch überall die Nachwirkungen, besonders wegen des Verlustes von Dalila.

Das waren die wirklich schweren Seiten des Weihnachtsfestes, wenn jemand an sie erinnert hat. Delicia geht es wieder besser, doch man sieht ihr die Schmerzen und die Trauer an, allen merkt man sie an, aber besonders Delicia fehlt ihre Zwillingsschwester sehr.

Deswegen sind alle froh, dass die Hochzeit vor der Tür steht und sie sich auf etwas Positives freuen können. Doch genau deshalb stürzen sich alle mit voller Energie auf die Hochzeit, die eigentlich ganz klein und romantisch werden sollte.

»Also um ehrlich zu sein, finde ich das Kleid viel schöner, ist das neu?« Statt sich das Bild anzusehen, zieht Dante Camilla auf seinen Schoß, ohne seinen Teller mit Nudeln loszulassen.

Er ist nicht rasiert und seine Stoppeln kitzeln Camilla, als er ihren Hals küsst. Sie muss lachen und windet sich in seinen Armen so, dass er weiteressen kann, trotzdem legt sie ihren Kopf an seine Schulter.

»Du nimmst das alles nicht ernst.« Dante lacht leise und isst eine Gabel mit Nudeln. »Doch Baby, aber mir ist das Drumherum völlig egal. Ich möchte dich heiraten, für immer mit dir zusammen sein und dich vor Gott zu meiner Frau nehmen, ob wir dabei Kartoffelsäcke anhaben, ob wir am Strand oder im Bett heiraten oder die Blumen rot oder lila sind, ist mir egal, solange du am Ende meine Frau bist.«

Sie lächelt und küsst seinen massigen Bizeps. »Okay?« Wie soll sie ihm so böse sein. Sie wird es einfach alleine machen und er hat recht, am Ende zählen nur sie zwei, das sollte sie sich vielleicht auch öfter mal wieder klarmachen. »Okay, ich habe es verstanden.« Dante bietet ihr eine Gabel voll Nudeln an. »Nein, ich muss die Tage noch mindestens ein Kilo abnehmen, ich heirate nur einmal ...« Nun stellt Dante doch seinen Teller weg und sieht sie sauer an, er umfasst ihren Po und ihre Oberschenkel.

»Das habe ich schon gemerkt, da fehlt doch was. Du weißt doch, dass ich deine Kurven liebe, du sollst nicht ...« Sein Handy klingelt und erlöst Camilla, die sich lachend von seinem Schoß schleicht, während er das Gespräch annimmt.

Es dauert keine Sekunde und sie weiß, dass die Unbeschwertheit von gerade eben nun vorbei ist. Dante hört zu, geht zum Sideboard, nimmt sich seine Waffe, sieht nach, ob sie noch genug Munition hat und schaut einen Augenblick zu ihr, bevor er sagt: »Okay, ich bin gleich da.« Es war sehr ruhig in den letzten Tagen und Camilla wüsste nicht, was jetzt wieder sein soll. »Was ist los?« Dante räuspert sich, nimmt noch einen Schluck Cola und kommt zu ihr.

»Ich muss los, es geht um ein Geschäft und Ärger mit den Sombras, ich weiß auch noch nichts Genaues. Vidal, Elian und ihr Vater sind am Hafen und es gibt dort Ärger, ich fahre da hin.«

Nun wird Camilla noch hellhöriger. »Mit den Sombras? Was für Geschäfte betreffen eure beiden Familias? Ich denke, das wird strikt getrennt? Und was ist mit Belinda? Vidal hat doch gesagt, er holt sie heute her und wir können abends zusammen was machen.«

Dante küsst ihre Wange. »Ich weiß es nicht, Baby, ich melde mich, wenn ich mehr weiß.« Mit diesen Worten verlässt er ihr Haus und Camilla sieht ihm hinterher.

Sie hat ein sehr ungutes Gefühl, sie weiß, dass Dante und auch Vidal keinen unnötigen Streit mit den Sombras provozieren würden, doch besonders in den letzten Tagen hat Camilla mitbekommen, wie sehr sie alle hier die Liebe zwischen Vidal und Belinda hassen, ein anderes Wort gibt es nicht dafür.

Besonders Vidals Vater möchte, dass all das so schnell wie möglich zu Ende ist und sie kann sich vorstellen, dass er, als er seine Söhne vom Flughafen abholen wollte, schon irgendetwas geplant hatte.

»Entschuldigung!«

Belinda hebt entschuldigend den Arm aus dem Fenster, sie fährt so schnell, dass sie jemandem die Vorfahrt verwehrt hat.

Ihre Gedanken rasen, verdammt, das darf nicht wahr sein. Nicht jetzt, nicht so, sie war froh, dass alles so ruhig geworden ist. Sie versteht vor allem gar nicht, worum es gehen soll.

Vidal und Elian sind heute zurück nach Puerto Rico gekommen, Belinda und Vidal wollten sich später treffen, eigentlich wollte er ja mit ihr auf ein Schiff, doch Belinda ist seit zwei Tagen ständig übel und sie würde es auf einem Schiff nicht aushalten. Außerdem wusste sie nicht, wie sie ihrem Vater und ihrem Bruder erklären sollte, dass sie Vidal trifft.

Sie wissen es, ihnen ist klar, dass das zwischen ihnen nicht vorbei ist, doch es so offen anzusprechen, ist noch einmal etwas anderes.

Belindas Magen rebelliert, doch dafür hat sie keine Zeit. Schon am Tag nach der Weihnachtsfeier ist diese Übelkeit gekommen. Sie weiß, dass das in Schwangerschaften passiert, doch bei ihr ist das ganz plötzlich und dann so stark, dass sie das Gefühl hat, alles dreht sich.

Zum Glück hat sie eine eigene kleine Wohnung im Haus ihres Vaters und der hat die vielen Male, die sie sich übergeben hat, nicht mitbekommen.

Als sie mit den anderen Frauen den Mädelsabend hatte, konnte sie kaum etwas essen, so übel war ihr, doch sie ist zum Glück schnell eingeschlafen und musste sich nicht übergeben.

Belinda hat es noch niemandem gesagt, außer April weiß es keiner. Sie hat gleich einen Termin bei ihrer Ärztin, wenn die dann auch bestätigt, dass die Schwangerschaft intakt ist und alles in Ordnung, wird sie mit Vidal sprechen und sich dann hoffentlich zusammen überlegen, was sie tun wird.

So sah zumindest bis gerade eben ihr Plan aus.

Sie ist so gerast, dass sie die Autos der Männer vor sich hatte. Als sie jetzt in den Hafen einfahren, verliert sie die Autos kurz aus den Augen, doch dann sieht sie, dass sie vor einem bekannten Café halten und Belinda wird schlecht, als sie auf die Szene sieht.

Alejandro und Santos müssen auch gerade erst angekommen sein, sie waren offenbar gar nicht am Hafen, sie gehen mit gezogenen Waffen auf das Café zu, in dem Vidal, Elian und einige andere Männer sitzen. Belinda erkennt Vidals Vater und mindestens zwei weitere Männer von ihnen, aber auch drei Männer in feinen Anzügen. Was passiert hier?

Ihr Vater, Roman, Ponce und Petro steigen erst jetzt zusammen mit den anderen Männern aus. Sie haben alle ihre Waffen gezogen, und als Belinda sieht, dass auch Vidal und seine Männer ihre Waffen ziehen, weiß sie, dass sie sich beeilen muss und fährt einfach weiter, direkt auf die Männer zu.

»Das wars, wenn ihr auf die Regeln scheißt, dann ...« Belinda kann Alejandro selbst bis ins Auto hören, doch in dem Moment fährt sie vor und alle sehen verwundert zu ihr. Man hört das Fluchen von ihrem Vater, Alejandro, aber auch von Vidal, als sie aussteigt und wütend die Autotür zuschlägt.

Sie hat die Männer und ihre Machtkämpfe so satt, ihr Magen dreht sich um und sie alle hier machen es ihr noch schwerer.

»Belinda, was tust du hier?« Alejandro steht am nächsten bei ihr, doch dieses Mal wird sie nicht mehr auf ihren älteren Bruder hören, es geht einfach um zu viel, das alles muss aufhören.

»Wieso lasst ihr sie nicht zuhause? Setzt ihr sie jetzt gegen mich ein, um mich ruhig zu halten? Meine Liebe zu eurer Schwester hat nichts mit unseren Geschäften zu tun!« Vidal ist auch wütend und nun sieht Belinda ihm das erste Mal in die Augen.

Wie kann es sein, dass sie vor einigen Tagen diese wunderschöne Zeit zusammen verbracht haben und jetzt stehen sie sich wieder so gegenüber? Belindas Magen zieht sich zusammen und sie weiß nicht, ob es vor Übelkeit oder vor Enttäuschung ist.

»Weil ich das hier nicht zulasse! Was soll das? Wieso könnt ihr euch nicht einfach aus dem Weg gehen?« Die Frage war an Vidal gerichtet, denn offenbar passiert hier gerade etwas, was nicht sein sollte, zumindest scheint irgendetwas mit diesen Männern zu sein, die sich blass im Hintergrund halten.

Sie weiß, dass sie das nicht tun sollte, sie sollte weder sich vor Vidal so vor ihre Familie hinstellen, noch ihn so angehen, doch sie hat keine andere Wahl. Was soll sie machen? Zusehen, wie der Vater ihres Kindes, der Mann, den sie über alles liebt und ihre Brüder und ihr Vater sich gegenseitig umbringen?

Santos tritt vor und geht gefährlich nah in Richtung der Männer von Vidal, die sich alle hinter ihm aufstellen, man spürt, dass nur ein Funke fehlt und all das geht hier in Flammen auf.

»Soll ich dir sagen, warum wir hier sind? Du sollst nicht hier sein, aber vielleicht ist es ganz gut, mit deinen eigenen Augen zu sehen, dass sich die Puentes nicht an unsere Regeln halten. Es war immer der wichtigste Punkt in der Waffenruhe, dass sich keine Familia in die Geschäfte der anderen einmischt, doch offenbar haben die Puentes nicht vor, die Waffenruhe weiter einzuhalten und uns soll das nur recht sein.«

Belinda tritt auch weiter vor, um sich zwischen Santos und Vidal zu stellen, doch das bringt ihren Vater und Alejandro nur dazu, auch näherzukommen und Belinda am Arm zurückzuhalten.

»Belinda, geh mit Ponce zum Auto. So langsam ist unser Verständnis vorbei und ...« Belinda wendet sich zu ihrem Bruder um. »Nein, das geht nicht. Ihr versteht das nicht, aber ich kann das hier nicht zulassen. Du weißt doch ganz genau, dass er mir niemals etwas tun würde oder zulassen würde, dass mir etwas passiert.«

Nun tritt Vidals Vater vor, auf dessen Gesicht ein zufriedenes Grinsen liegt.

»All das Drama, all diese Diskussionen, was ist bloß passiert? Wegen einer Frau? Wenn die Leute denken, wir haben das bessere Angebot, steht es ihnen frei, mit uns Geschäfte zu machen, auch wenn euch das nicht passt. Wir sind hier, wir verstecken uns nicht. Du solltest wirklich deine Tochter besser im Griff haben, Ramiro, es wird langsam peinlich, wie sie versucht, meinen Sohn ...«

Vidal setzt an, etwas zu sagen, doch im selben Moment fahren weitere Autos mit Männern der Puentes vor. Belinda erkennt Dante und Benito und hat das Gefühl, alles in ihr bricht zusammen. Sie sieht zu Vidals Vater und sieht diesen tiefen Hass. Er hasst sie und er wird sie immer hassen, sie sieht die Wut all der Männer hier und eine tiefe Müdigkeit überkommt Belinda. Sie wird gegen all das nicht ankämpfen können.

Ihr Vater wird nun noch wütender und stellt sich zu Belinda. »Es ist egal ...«

Belinda reicht es. »Nein, es ist nicht egal! Ich weiß, dass ich kein Recht habe, hier zu sein. Ich habe kein Recht, meiner Familie damit in den Rücken zu fallen, sie wissen selbst, wie sie am besten handeln sollen. Ich müsste ihre Entscheidung respektieren und ich sollte auch nicht hier stehen und den Mann, den ich liebe, in solch eine Situation bringen, doch ich kann nicht anders. Alles hat sich geändert und ich werde nicht zulassen, dass ihr aufeinander losgeht, weil das alles hier ... nicht mehr nur um euch geht.«

Belinda atmet tief aus, sie sieht, dass nicht nur Vidals Vater keine Geduld mehr hat, sie sieht Vidal in die Augen, so sollte es nicht sein. Er hat das Recht, das anders zu erfahren, doch sie kann es nicht riskieren, dass hier etwas ausbricht, dessen Folgen vielleicht nie wieder kontrollierbar sein werden.

»Von was redest du da, Belinda? Was hat sich geändert?« Vidal kennt sie und er weiß, dass etwas nicht stimmt, er hat es schon die ganzen letzten Tage gespürt, doch sie wollte es ihm noch nicht sagen, auch jetzt möchte sie es nicht, nicht so, doch sie muss es tun.

»Das ist doch alles nur unnötige Zeitverschwendung. Wir machen jetzt die Geschäfte mit der Bankkette, wenn es euch nicht passt, haltet uns jetzt auf oder geht mit eurer ...« Alejandro ist schnell, bevor Belinda oder sonst jemand reagieren kann, steht er vor Vidals Vater und hält ihm die Waffe an den Kopf. »Wir haben ein Problem, du dreckiger Puentes, und wenn du noch einmal so abfällig über meine Schwester redest ...« Im nächsten Moment hat Alejandro die Waffe von Vidal am Kopf. »Das würde ich mir sehr gut überlegen.«

Alle Männer setzen sich in Bewegung und Belinda schließt die Augen. »Ich bin schwanger!«

Sie steht inmitten zweier Familias, die sich abgrundtief hassen, zwischen Männern, die nur darauf warten, einen Grund zu haben, den anderen anzugreifen und das seit langer Zeit, und gerade haben sie einen Grund, einen guten Grund. Die Wut und die Entschlossenheit liegt so dicht in der Luft, dass man daran ersticken könnte, aber dennoch sagt keiner mehr einen Mucks.

Alejandro senkt die Waffe, genau wie Vidal und alle sehen sie an. Ihr Vater neben ihr greift nach ihrem Arm. »Was hast du da gerade gesagt?«

Belinda weiß gar nicht, wann sie zu weinen angefangen hat, doch jetzt sieht sie zu Vidal, dessen Blick verwirrt auf ihr liegt. Es bricht ihr das Herz, ihn so zu sehen, so vor ihm zu stehen und das, obwohl er sein Leben für sie geben wollte, ohne auch nur eine Sekunde zu zögern.

»Es tut mir so leid, Vidal. Ich wollte es dir heute sagen, alleine, zusammen mit dir besprechen, was wir jetzt tun sollen und wie es weitergeht ... doch jetzt ... ich muss das hier aufhalten. Ihr dürft das nicht tun! Nicht mehr, nicht so!«

Keiner sagt ein Wort bis auf Vidals Vater, der laut flucht.

»Alle bis auf die engsten Kreise verschwinden hier! Wie zur Hölle konnte so eine Katastrophe passieren? Wie kann so etwas heute noch passieren, oder war das geplant, um Vidal komplett an dich zu binden? Denkst du, ein Baby hält ...?«

Belinda hebt die Hand. Die Worte des Vaters verletzen sie sehr, kein anderer Mann reagiert, sie alle sehen Belinda wie versteinert an, die sich entschlossen die Tränen wegwischt.

»Ich habe das doch nicht geplant. In der Zeit, als Benjamin mich gefangen gehalten hat, konnte ich mich nicht weiter … verhüten, und als wir dann … als Vidal doch gelebt hat, habe ich ihn im Versteck besucht und … es war nicht geplant, es ist in all dem kranken Chaos passiert und ich habe das selbst erst vor Kurzem eher durch Zufall erfahren.

Es ist nicht so, dass ich darauf vorbereitet bin oder ich wüsste, was ich tun soll, doch ich weiß, dass ich das hier nicht zulassen darf.«

Belinda atmet tief ein und sieht sich traurig um. »Ich habe nicht einmal die Möglichkeit, in Ruhe mit Vidal über all das zu sprechen, weil dieser Hass alldem in Weg steht. Es … mein Leben lang habe ich nicht verstanden, wieso meine Mutter mit mir Puerto Rico verlassen hat, jetzt verstehe ich es.

Egal wie sehr ihr euch hasst, dieses Baby kann nichts dafür und vielleicht ist es wirklich besser, es ganz weit weg von all diesem Wahnsinn aufwachsen zu lassen, ich weiß es nicht. Ich weiß gar nichts mehr, nicht einmal, ob ich dieses Kind bekomme, nur wie schrecklich es ist, dass dieses Baby in meinem Bauch schon jetzt wegen all dem Hass in euren Herzen unwillkommen ist, ich …«

Belinda fehlen die Worte, sie sieht sich um. Sie sieht in die Augen ihrer Brüder, die sie völlig überrascht anschauen, in die Augen ihres Vaters, der starr vor Schock ist, zu Vidal, der am ruhigsten dasteht. Keine Regung geht über sein Gesicht, er sieht sie einfach nur an. Es tut Belinda so leid, dass er es so erfahren musste. Sie sieht in das Gesicht von Vidals Vater, das den puren Hass ausstrahlt und lacht leise auf.

Es ist unwirklich ruhig. Sie schüttelt den Kopf. »Ich weiß nicht einmal, ob mit der Schwangerschaft alles stimmt, ich war bei der Ärztin und sie hat mir gesagt, dass ich schwanger bin und ich bin quasi geflüchtet, ich weiß noch nicht, was ich machen oder tun soll, wirklich nicht und ihr …

Hier stehen die gefährlichsten Männer Puerto Ricos, die sich gerade noch Waffen an den Kopf gehalten haben, die vor nichts und niemandem zurückschrecken, doch dieses kleine Wesen in meinem Bauch lässt euch alle komplett verstummen? Ist es jetzt schon so mächtig?

Ein Baby zwischen einer Sombras und einem Puentes, doch kommt erst gar nicht auf die Idee, das mit einem der verstoßenen Kinder zu vergleichen, dieses Baby ist in Liebe entstanden und auch wenn ich selbst mit alldem überfordert bin, werde ich das niemals bereuen!«

Sie sieht sie alle der Reihe nach an, noch immer ist keiner in der Lage zu reagieren, das trifft sie völlig unvorbereitet, genauso wie es Belinda getroffen hat, doch sie hatte Zeit, sich zumindest ein wenig an den Gedanken zu gewöhnen.

»Wisst ihr was? Tut was ihr wollt. Ich fahre jetzt zu meiner Ärztin, ich kann es eh nicht verhindern, doch ich wollte, dass ihr das vorher erfahrt.«

Sie sieht zu ihren Brüdern. »Ihr seid die Onkel dieses Babys.« Und zu Elian. »Genau wie du.« Sie sieht zu Vidals Vater.

»Es ist dein Enkelkind und deines.« Sie sieht ihrem Vater in die Augen und dann zu Vidal. »Also, tut was ihr für richtig haltet, wenn euch ein lächerliches Geschäft all das wert ist.«

Mit diesen Worten dreht Belinda sich um, setzt sich ins Auto und fährt davon, und auch jetzt sagt kein Mann ein Wort oder bewegt sich auch nur einen Schritt fort.

Belinda weiß, was sie da gesagt und getan hat, sie fühlt sich schlecht, wirklich schlecht, auch wenn sie weiß, dass es sein musste.

Es bricht ihr das Herz, dass der Mann, den sie über alles liebt, so von ihrer Schwangerschaft erfahren hat, doch es ging nicht anders. Sie haben ihr keine Wahl gelassen.

Sobald sie vom Hafen weg ist, hält sie am Rand und beginnt alles herauszulassen, sie weiß nicht, was jetzt passiert oder was sie tun soll, doch alles, all das fühlt sich einfach nur schrecklich an.

Kapitel 9

Man hört oft, wie sehr sich alles ändert, wenn man schwanger ist, wie gewisse Dinge eine ganz neue Bedeutung bekommen, wie man Prioritäten anders setzt und man ungeahnte Kräfte freisetzt, nur um das zu schützen, was da in einem heranwächst.

Belinda weiß nicht, ob es das ist, was gerade passiert ist, dass sie sich zwischen all die Männer gestellt und ihnen das an den Kopf geworfen hat, was sie seit Tagen nur denkt und kaum wagt auszusprechen.

Vidals Vater wirft ihr vor, sie hätte alles geplant, um Vidal an sich zu binden, er hat nichts verstanden, gar nichts. Sie wollte nicht schwanger sein, doch nun kümmert sie sich darum, bevor sie hinter sich die Scherben auffegt, die entstehen werden, sie wird es nicht verhindern können.

Deswegen atmet sie erneut tief ein und fährt zu ihrer Frauenärztin, bei der sie ist, seit sie in Puerto Rico lebt, was ja nicht allzu lange ist. Sie hat einen Termin, doch erst jetzt sagt sie, worum es geht.

Belinda muss sich gar nicht erst setzen, sie muss Urin abgeben, ihr wird Blut abgenommen und dann kann sie kaum mehr aufstehen, so schwindelig ist ihr. Sie wird von unten untersucht und ein Abstrich gemacht, dann muss sie auf die Waage, bevor sie zum Ultraschall gehen soll.

Es ist fast ein wenig so, als würde Belinda neben sich stehen, sie macht alles, was man ihr sagt, die Arzthelferinnen zeigen ihr einen Pass, den man Mutterpass nennt, in dem alles Wichtige eingetragen wird. Sie nickt nur und will eigentlich nur mit eigenen Augen sehen, dass das alles auch kein Traum oder ein Fehler ist.

Endlich darf sie in den Raum zum Ultraschall und schreckt zusammen, als dort ihr Vater steht und auf sie wartet. »Was ... tust du hier?« Belinda kommen sofort wieder die Tränen, das, was sie gerade am Hafen getan hat, hat sie wirklich mitgenommen, doch trotzdem hat alles sicher auch etwas mit ihren Hormonen zu tun. »Ich bin hier, um meiner Tochter beizustehen, was soll ich sonst hier tun?«

Belinda fallen Felsbrocken vom Herzen, als sie in die Arme ihres Vaters flieht und er ihre Stirn küsst. »Es tut mir so leid, Papa, wegen vorhin, ich wollte euch nicht bloßstellen, doch ich wollte auch verhindern, dass ...« Sie sieht ihm in die dunklen Augen mit den leichten Falten und er nickt.

»Ich verstehe das, Belinda. Es ist keine einfache Situation und ich hätte mir sicherlich lieber etwas anderes gewünscht, doch ich werde immer hinter dir stehen, Engel. Ich hoffe, das ist dir klar.

Und nicht nur ich, wir alle! Familie ist nichts, was man biegen kann, es ist da, komme was wolle. Und wenn du dich dazu entschließt, dieses Kind zu bekommen, helfen wir dir und schützen dich und das Baby.

Es ist nicht leicht, wenn wir daran denken, wer der Vater ist, aber bedeutender ist, dass du die Mutter bist. Was du da vorhin gesagt hast, dass du daran denkst, wie deine Mutter Puerto Rico zu verlassen und das Baby weit weg von alldem aufwachsen zu lassen ...«

Belinda erkennt einen unbändigen Schmerz in den sonst so harten Augen ihres Vaters, die wahrscheinlich schon mehr gesehen haben, als dass sie es erahnen könnte und doch scheint das seine größte Angst zu sein, zumindest wirkt es in diesem Moment so.

»Ich habe deine Mutter und dich verloren und dich erst so spät wiedergefunden. Tu das nicht und nimm mir nicht auch noch mein Enkelkind. Wir finden eine Lösung, ich verspreche es dir, Belinda. Doch das Wichtigste, was du wissen musst, wir werden immer für dich da sein.«

Belinda lächelt. »Du weißt gar nicht, wie viel mir das bedeutet.« Und das tut es. Auch wenn das nicht alle Last von Belindas Schultern nimmt, ist mit der Anwesenheit ihres Vaters schon ein wenig ihrer Angst weg und die Worte, dass ihre Familie immer zu ihr steht, ist etwas, was viele hören, doch Belinda spürt in diesem Augenblick, dass sie sich wirklich darauf verlassen kann.

»Da sind Sie ja und oh … ich wusste nicht, dass Sie …« Die Frauenärztin sieht eingeschüchtert von Belinda zu ihrem Vater, natürlich wusste sie nicht, wessen Tochter sie ist.

»Keine Sorge, es ist alles in Ordnung, kümmern Sie sich einfach gut um meine Tochter.« Belindas Vater setzt sich auf einen Stuhl neben die Frauenärztin, die eine durchsichtige glibberige Masse auf Belindas flachen Bauch verteilt und mit einem Ultraschall darüberfährt.

Alle sehen zu dem großen Bildschirm über ihnen und Belindas Herz beginnt zu rasen, sie sehen alles in erdigen Tönen, die Frauenärztin ist ganz still, sie fährt hin und her und räuspert sich dann.

»Also, die Schwangerschaft ist intakt, es sieht alles ganz gut aus. Sie sind ungefähr in der achten Woche, doch …« Belindas Herz rast schneller. »Gibt es bei Ihnen in der Familie Mehrlingsschwangerschaften, Zwillinge?«

Oh nein, oh nein, das darf nicht wahr sein. Ihr Vater schüttelt den Kopf. »Nein.« Belinda schließt die Augen. »Bei dem Vater gibt es das, er hat oder hatte Cousinen, die Zwillinge waren.« Sie blickt ihrem Vater in die Augen, sieht, dass er versucht, ruhig zu bleiben und ist ihm unendlich dankbar für all das, sie kann sich vorstellen, wie schwer es ihm fällt.

»Sehen Sie hier. Das sind zwei Fruchthüllen, und ich sehe auch schon zwei Herzen schlagen, können Sie das sehen?« Belinda kann es. Sie sieht auf diese kleinen dunklen Kammern und dass da etwas ist und sie erkennt deutlich das Pulsieren zweier Herzen.

»Dann darf ich Ihnen gratulieren, Sie erwarten Zwillinge und es sieht alles gut aus.«

Weder Belinda noch ihr Vater sagen einen Ton, als die Ärztin Belinda alles vom Bauch wischt und sich mit ihnen an den Schreibtisch setzt.

»Das was mir Sorgen macht, ist Ihr Gewicht. Als Sie das erste Mal in die Praxis gekommen sind, haben Sie 60 Kilo gewogen, jetzt sind Sie mit Zwillingen in der achten Woche schwanger und wiegen 58 Kilo.«

Belinda könnte sich gerade schon wieder übergeben. »Ich kann die letzten Tage kaum mehr etwas bei mir behalten. Mir ist ständig übel und alles, was die Schwangerschaft betrifft, ist auch nicht so leicht. Was würde passieren, wenn ich mich gegen die Schwangerschaft entscheide?«

Damit hat die Ärztin wohl nicht gerechnet und auch Belinda bekommt die Worte kaum über ihre Lippen, doch sie muss alles wissen. »Dann müssten Sie sich schnell entscheiden, das würde nur noch wenige Tage gehen. Denken Sie in diese Richtung?«

Belinda zuckt die Schultern und versucht zu verhindern, dass sie wieder zu weinen beginnt. »Ich weiß es nicht, um ehrlich zu sein, weiß ich momentan gar nichts.«

Die Ärztin sieht sie besorgt an. »Okay, überlegen Sie sich das alles in Ruhe. Ich gebe Ihnen etwas gegen die Übelkeit mit, das ist normal, vor allem mit Zwillingen. Versuchen Sie, immer kleine Mahlzeiten zu sich zu nehmen, dafür öfter.

Dazu kommen noch Vitamine, die Sie unbedingt nehmen sollten, Ihr Mutterpass und einige Broschüren. Wenn Sie sich das überlegt haben, rufen Sie mich an, wenn nicht, sehen wir uns in zwei Wochen wieder oder sobald sich irgendetwas bei Ihnen tut und Sie das lieber abklären möchten.«

Zehn Minuten später steigt Belinda zu ihrem Vater ins Auto. Er sagt, dass er ihres abholen lassen wird. Belinda lehnt ihren Kopf nach hinten und sieht aus dem Fenster, als ihr Vater losfährt.

»Zwillinge … als wäre das nicht auch so schon eine große Katastrophe.« Belinda sieht zu ihrem Vater, sie weiß, dass er sich sehr zusammennimmt, um ihr nicht zu zeigen, was er wirklich von alledem hält und sie ist ihm dankbar dafür.

»Ob eins oder zwei ist egal, die Sache an sich ist nicht leicht, um wie viele Kinder es dabei geht, ist nebensächlich.« Belinda schüttelt den Kopf. »Ist es nicht, hierbei ist nichts nebensächlich. Ich sollte Vidal anrufen und endlich mit ihm reden. Ich hätte von Anfang an erst ihm das mit der Schwangerschaft sagen sollen.« Auch hier widerspricht ihr Vater ihr wieder. »Ich würde ihn das erst einmal verdauen lassen, er wird sich schon melden, oder eben nicht, was wahrscheinlich besser wäre.«

Es sollte Belinda nicht verwundern, dass er so denkt. »Was war eigentlich noch, nachdem ich gegangen bin?« Er fährt auf einen kleinen Parkplatz vor einem Einkaufscenter.

»Ich habe niemanden mehr reagieren lassen. Vidal war ziemlich blass und sein Vater wollte anfangen, etwas zu besprechen, doch ich habe alle zurückgerufen und den Männern, um die es ging, zugerufen, dass sie die Geschäfte mit den Puentes machen sollen.

Wir haben kein Interesse mehr. Dann sind wir einfach gegangen. Das ging nur um Geld und du hast recht, es war es nicht wert, einen Krieg zu beginnen, ich hoffe, dass es dabei bleibt und die Puentes das nicht noch einmal machen. Ich habe auch mit keinem deiner Brüder darüber gesprochen, sondern bin direkt zu deinem Arzt gefahren, nachdem mir Alena gesagt hat, zu welchem du gehst.

Alejandro ist der Anführer und ich mische mich nur noch selten in seine Angelegenheiten ein, doch ich denke, wir sind uns einig, dass manche Sachen einfach wichtiger sind und das hier ist es gerade.

Ich werde dich nicht im Stich lassen und ich möchte auch nicht, dass du denkst, du musst Puerto Rico verlassen wie deine Mutter. Ich möchte nicht, dass sich die Geschichte wiederholt.«

Er deutet auf das Einkaufszentrum. »Ich besorge dir die Sachen, kommst du mit?« Belinda schüttelt den Kopf. »Nein, ich warte hier.« Ihr Vater will aussteigen, doch Belinda hält ihn am Arm zurück.

»Danke Papa, ich weiß, dass dir das nicht leichtfällt und dass du vielleicht auch sauer auf mich bist, dass ich alle in solch eine Situation bringe, deswegen rechne ich es dir umso mehr an, dass du ohne zu zögern für mich da bist.« Er lächelt, beugt sich zu ihr und küsst ihre Wange.

»Dafür sind Eltern da. Unsere Liebe ist bedingungslos und stärker als jede andere Macht der Welt, aber das wirst du wahrscheinlich bald selbst erfahren.«

Belinda hat sich viele Gedanken darüber gemacht, was passieren wird, wenn herauskommt, dass sie schwanger ist, und sie hat es sich viel schlimmer vorgestellt. Natürlich weiß sie nicht, wie Vidal oder auch ihre Brüder reagieren, doch dass ihr Vater so entschlossen und fest hinter ihr steht, gibt ihr Kraft und Halt.

Sie nimmt ihr Handy heraus, Alena hat sie versucht zu erreichen, sonst niemand. Sie ruft Vidal an, doch sein Handy ist aus und das bedeutet nichts Gutes. Vidal hat sein Handy als Anführer eigentlich niemals ausgeschaltet, wenn doch, dann will er absolut von nichts und niemandem etwas wissen.

'Es tut mir leid, dass du es so erfahren hast. Ich wünschte, es wäre anders gewesen, doch ich kann es nicht mehr rückgängig machen. Können wir reden? … Auch wenn das schon längst hätte passieren müssen.'

Sie hatte schon einige Male ein schlechtes Gewissen, doch noch niemals solch ein starkes. Sie schickt die Nachricht ab und sieht in den Mutterpass, der in einer Tüte mit zahlreichen Broschüren, Proben und anderen Sachen liegt.

Dort ist ein Bild von den beiden Babys, also dem, was davon zu erkennen ist. Belinda sieht auf die beiden Kammern. Sie weiß noch, wo ungefähr die Herzen zu sehen waren und streicht darüber, bevor sie ein Bild mit ihrem Handy macht und es April mit den Worten schickt 'und wenn man denkt, es kann nicht schlimmer werden, schlägt das Leben erst richtig zu'.

Im selben Moment kommt ihr Vater mit einer großen Apothekentüte und einem roten Smoothie. »Die Frau aus der Apotheke hat mir den empfohlen, er ist eine richtige Vitaminbombe, wie sie es genannt hat.«

Belinda lächelt und nimmt ihm den Smoothie ab. Obwohl sie die ganze Zeit diese Übelkeit verspürt, kann sie den Smoothie trinken, er ist kalt und flüssig und schmeckt wirklich gut. Bis sie in die Cuidad einfahren, hat sie ihn komplett geleert und ihr Vater sieht zufrieden aus. Belinda ist froh, dass ihnen keiner ihrer Brüder oder Cousins begegnet.

Sie nimmt alles mit nach oben und geht duschen, dabei spürt sie wieder diese lähmende Müdigkeit.

Alena liegt auf ihrer gemütlichen Couch, als sie aus dem Bad kommt. »Herzlichen Glückwunsch.« Zu ihrer Überraschung umarmt ihre Cousine sie und strahlt sie an. »Wow, das ist die erste positive Reaktion, die ich bekomme.« Belinda lässt sich auf das Sofa fallen und lehnt sich erschöpft zurück.

»Du erwartest Zwillinge, das ist ein kleines Wunder.« Alena setzt sich zu ihr und gießt Belinda Wasser ein. »Vidal ist der Vater, also ist es nicht sehr verwunderlich, dass es Zwillinge sind.«

Seit der Sache mit Benjamin war Alena verständlicherweise selten positiv gestimmt, umso mehr verwundert Belinda jetzt das Lächeln auf den Lippen ihrer hübschen Cousine.

»Ich weiß, dass gerade alle deswegen ausflippen, aber das wird sich legen. Lass dir nichts einreden, diese Babys sind in Liebe entstanden und mit nichts zu vergleichen, was es vorher gab.« Belinda nickt, das weiß sie, sie wünscht sich einfach, dass das reicht. Alena holt eine Tüte Chips hervor und schaltet den Fernseher ein.

»Ich weiß noch, wie du bei mir im Krankenhaus warst, als ich ganz am Boden war, ich werde für dich da sein, Belinda, genau wie dein Vater. Ich weiß nicht, was die anderen darüber denken, ich habe noch mit niemandem weiter gesprochen, doch uns beide weißt du an deiner Seite, egal was kommt.«

Alena streicht über Belindas Bauch und sie lächelt sie dankbar an, sie weiß, wie viel Wert es hat, zumindest einen Teil ihrer Familia hinter sich zu haben. Als sie noch einmal auf ihr Handy schaut, um nachzusehen, ob Vidal ihre Nachricht gelesen hat, ist es auch wieder Alena, die ihr unruhiges Herz zu beruhigen versucht.

»Gib ihm Zeit, sich an den Gedanken zu gewöhnen.«

»Ich kann das nicht glauben.« Alejandro leert sein Glas zum x-ten Mal, sie alle haben viel zu viel getrunken. »Ich finde es viel schlimmer, wie gelassen Papa darauf reagiert, ich hätte dem verdammten Puentes einfach eine Kugel in den Kopf geschossen. Belinda wäre da schon irgendwann drüber hinweggekommen und wir hätten uns um sie und das Baby gekümmert.«

Ponce deutet der sexy Kellnerin, dass auch er noch etwas Nachschlag braucht. »Die Babys, vergiss das nicht.« Roman hält sich ein wenig zurück und behält sie alle im Auge. Santos ist gar nicht erst aufgetaucht, sie wissen, das er es wegen Lilly vermeidet, wegzugehen.

»Dieser verfluchte Bastard, mag sein, dass er Belinda gerettet hat, doch jetzt ist er einen Schritt zu weit gegangen, ihr geht es schlecht. Ich war heute bei ihr und sie hat nur geschlafen und sich ständig übergeben, als würde sich ihr Körper gegen die Kinder wehren, sie sah so blass und fertig aus. Papa hat sich nur zurückgehalten, um es Belinda nicht noch schwerer zu machen.« Sie sind mit mehreren Männern hier und einer von ihnen fragt, wie denn Vidal darauf reagiert hat.

»Gar nicht, ich habe den Anführer der Puentes noch nie so sprachlos gesehen.« Die Kellnerin kommt zurück und stellt ihm ein Glas mit so viel Hochprozentigem hin, dass Ponce vielleicht endlich etwas bessere Laune bekommt. Einer ihrer Männer kommt zurück und hat mehrere Frauen im Arm, die eine hat vorhin schon mit Ponce geflirtet und setzt sich auch jetzt sofort auf seinen Schoß.

Alejandro hebt die Augenbrauen, als Ponce die Frau enger an sich zieht und sein Glas leert. Normalerweise würde sein ältester Bruder ihn wahrscheinlich ermahnen, nicht zu viel zu trinken, doch gerade ist nichts normal, schon lange nicht mehr und auch wenn Alejandro diese großer Bruder Sache oft übertreibt, weiß er, dass Ponce alt genug ist und weiß, was er tut.

»Hast du gesehen, wie ich getanzt habe? Was denkst du, sollen wir auch tanzen gehen?« Die Frau auf seinem Schoß wendet sich zu ihm um und reibt sich gleichzeitig so an ihm, dass Ponce augenblicklich reagiert. Er hat nicht einmal wirklich bemerkt, wohin sie gegangen ist.

»Natürlich habe ich das, machen wir, ich tue alles, um auf andere Gedanken zu kommen.« Er steht auf, umfasst die Frau aber weiter so, dass sie eng an ihn gepresst ist. Roman lacht und wünscht ihm viel Spaß, während Alejandro weiter wütend vor sich hin brütet.

Ponce hat keine Lust mehr, sich den Kopf zu zerbrechen wegen Dingen, die er eh nicht ändern kann. Wenn es nach ihm gegangen wäre, hätten sie Vidal niemals in die Nähe von Belinda kommen lassen, aber weil er sie gerettet hat, haben sich alle zurückgehalten, und nun haben sie das Ergebnis präsentiert bekommen.

Ponce spürt, dass der Alkohol zu wirken beginnt, als er mit der Frau auf die Tanzfläche geht. Es wird gerade das neue Lied 'Familia' gespielt, wie passend.

Ponce kann kaum reagieren, die Frau hat schon einen Plan und sobald sie sich zu bewegen beginnt, reibt sie sich gekonnt an ihm. Sie weiß, was sie will und normalerweise ist das genau das, was er mag, doch wie gesagt, momentan ist nicht normal.

Er zwingt sich, alles beiseite zu schieben und umfasst die Frau, es fällt ihm nicht schwer, zu tanzen, egal wie betrunken er ist, es liegt ihnen im Blut. »Wow, ich bin beeindruckt.« Die Hand der Frau fährt während des Tanzens an seine Mitte und Ponces Lippen liebkosen ihre Schultern. Sie schmeckt nach Parfüm und Creme, sofort erinnert er sich an den süßen Geschmack von Alina.

Noch etwas, was er weit von sich schieben muss. »Ja, so mag ich das. Was hältst du davon, wenn wir in dein Auto gehen? Gehört dir eins der vielen teuren, die in der vordersten Reihe auf dem Parkplatz stehen?«

»Ja, lass uns verschwinden.« Ponce nimmt die Frau mit nach draußen. Er kennt ihren Namen nicht, alles was er weiß ist, dass sie eine gute Figur hat und ein hübsches Gesicht, sie trägt rotgefärbte lange Locken und will ihn unbedingt, was sie zeigt, sobald sie sich auf die hintere Bank seines BMWs setzen und sie auf seinen Schoß klettert.

Sie versucht ihn zu küssen und reibt sich an ihm, doch Ponce mag das nicht. Er küsst die Frauen, mit denen er nur seinen Spaß hat, sehr ungern, die letzte Frau, die er geküsst hat, war Alina und davor schon lange keine mehr, auch wenn es eine merkwürdige Einstellungssache ist: Sie zu küssen geht nicht, mit ihnen zu schlafen hingegen schon.

Ponce flucht innerlich, wieso schweift er wieder so ab? Er schiebt das Kleid der Frau hoch und muss an den Moment denken, als er Alinas Kleid hochgeschoben hat, wie weich ihre Haut sich angefühlt hat. Ponce wusste, dass es falsch war, doch er wollte sie unbedingt.

»Ist alles in Ordnung?« Die Frau stört es nicht, dass er sie nicht küsst. Sie stöhnt auf, während sie sich an ihm reibt und Ponce flucht erneut, aber dieses Mal lauter. »Ja, es ist alles bestens.« Sie lacht auf, als er ihre Brüste aus dem viel zu engen BH befreit und sie zu liebkosen beginnt. »Oh ja, genau so, das ist ...« Die Frau legt ihren Kopf in den Nacken.

Alina wollte ihn auch, das hat er gespürt, doch sie war nicht so weit, das war ihm klar und es hätte ihr klar sein müssen, doch sie hat es zu weit getrieben und ihn danach wie den letzten Deppen vor die Tür geschoben.

100

Am liebsten würde Ponce sich selbst ohrfeigen, er hat hier eine heiße Frau und seine Gedanken kreisen nur um Alina. Auch die Frau merkt, dass er abschweift und geht von seinem Schoß, sie öffnet seine Hose und befreit ihn und sofort spürt er weiche Lippen.

Er legt seinen Kopf zurück und schließt die Augen, genießt das warme Wummern des Alkohols in seinem Kopf und den weichen Mund an seinem Körper, doch es kommt ihm wieder Alinas Gesicht vor Augen.

Ihre schönen Mandelaugen, ihre langen Haare, ihre zarte Gestalt, ganz anders als die Frau hier, doch viel bezaubernder. Er hat nie gedacht, dass ihn einmal eine Frau wie Alina so ansprechen würde. Er ist sich sicher, dass er sie auf der Straße nie besonders beachtet hätte, doch jetzt mit diesem Wissen hätte er sie angesprochen und nicht wieder gehen lassen.

Ponce flucht ein letztes Mal auf, er trennt den Kontakt zu der Frau und zieht sich wieder richtig an. »Ich muss los, tut mir leid, wir holen das nach.« Die Frau sieht ihn verwirrt an. »Aber wieso? Das geht doch schnell und ...« Ponce öffnet die Tür, die Frau steigt aus, er auch und geht direkt nach vorne. »Beim nächsten Mal.« Er steigt ein und gibt Gas.

Kapitel 10

Ponce kann sich und seinen Körper gut einschätzen, er weiß, dass er zu viel getrunken hat, deswegen fährt er langsam zurück zur Cuidad. Ohne ein Wort an die Männer im Wachhaus zu verlieren, fährt er ein und wie von selbst fährt sein Auto zum Haus von Alina.

Es ist mitten in der Nacht, doch bei ihr brennt noch Licht und sie sitzt mit einem Buch auf ihrer Terrasse in einem gemütlichen Rattansessel und liest.

Ponce weiß, dass es das Schlaueste ist, sich von ihr fernzuhalten, er wusste es von Anfang an, deswegen ist er die erste Zeit auch komplett auf Abstand gegangen, doch jetzt geht das nicht mehr so leicht. Er steigt aus und sie blickt von ihrem Buch hoch.

Seitdem sie über ihn hergefallen ist und ihn dann vor die Haustür gesetzt hat, haben sie sich nicht mehr gesehen. Ponce ist ihr wieder aus dem Weg gegangen, was er auch jetzt tun sollte, doch er ist viel zu wütend, dass sie in seinen Gedanken ist, wo sie nichts zu suchen hat.

»Es ist mitten in der Nacht!« Er bleibt an ihrer Tür zum Garten stehen und sie legt das Buch zur Seite. »Und du bist extra gekommen, um mir das zu sagen?«

Ponce deutet auf ihr Buch. »Es ist zu spät zum Lesen!« Er weiß, dass sie schnell in Streit geraten, doch das ist jetzt wahrscheinlich genau das Richtige.

Alina legt den Kopf ein wenig schräg, sie trägt einen hohen Zopf. »Bist du betrunken?« Er spürt, wie sich seine Augen zu Schlitzen verengen. »Nicht genug!«

Alina steht auf und kommt zu ihm an den Zaun. Als sie dicht bei ihm ist, wedelt sie mit der Hand. »Du riechst nach Wodka und du hast überall Lippenstift auf deinem Hals. Das muss ja ein erfolgreicher Abend gewesen sein.«

Ponce tritt noch näher. Diese verfluchten schönen Augen, die ihn mustern. »Ich wünschte, es wäre so, doch ich konnte die ganze Zeit an nichts anderes als deine beschissene Aktion letztens denken!«

Zu ehrlich. Ponce, denke nach, bevor du deinen Mund aufmachst. Sofort ändert sich ihr Blick und sie sieht auf den Boden, doch dann atmet sie tief ein und öffnet die Gartentür, die noch zwischen ihnen ist.

»Du solltest so nicht Auto fahren, komm rein.« Ponce will nicht, er will eigentlich gar nichts mehr mit ihr zu tun haben, doch seine Füße verselbstständigen sich und er folgt ihr ins Haus.

»Denkst du wirklich, du könntest mir etwas sagen? Weißt du nicht, wer ich bin?« Alina deutet ihm, sich auf ihr Sofa zu setzen, war er auch tut. »Ich bin Ponce Sombras und keiner hat mir irgendetwas zu sagen.«

Alina legt ihm ein Kissen in den Rücken und nickt. »Nein, natürlich nicht. Ich hole dir mal etwas zu trinken.« Soll sie das machen, Ponce schließt die Augen.

Im ganzen Haus hier liegt der süße Duft, den er an der anderen Frau vermisst hat.

Er wird ihr gleich sagen, was er von all dem Mist hält, sobald sie zurück ist, doch solange lässt er die Augen geschlossen und genießt diesen unwiderstehlichen Duft.

Es klingelt und klingelt, doch April schläft so tief und fest, dass sie sich wütend die Decke über den Kopf zieht, doch dieses nervtötende Geräusch will einfach nicht verstummen.

Genervt setzt sich April im Bett auf und nimmt das Gespräch an, ohne nachzusehen, wer sie anruft.

»Was ist?« Ihre Stimme ist nicht mehr als ein leises Kratzen, sie hat die letzten Nächte so schlecht geschlafen und jetzt, nachdem sie es endlich geschafft hat, Schlaf zu finden, wird sie gestört.

Sie hört laute Musik wummern und viele Menschen.

»Wo bist du, dass du nicht ans Handy gehst?« April hört noch einmal genauer hin.

»Alejandro?« Er lacht auf.

»Natürlich, du tust ja so, als wäre es schon Jahre her.«

Langsam kann April klarer denken und hört, dass er in einem Club sein muss, es ist mitten in der Nacht und er hört sich stark betrunken an.

»Was willst du?« Wieder ein Lachen, April kann sich sein hübsches Gesicht genau vor Augen holen und ihr Magen zieht sich zusammen.

»Wusstest du davon? Mit Belinda? Natürlich wusstest du es, oder?« April reibt sich die Stirn.

»Ja ich wusste davon. Denkst du etwa, dass ich es dir schuldig bin, es dir zu sagen, oder weswegen rufst du an?«

Es wird lauter, als würde er jetzt erst in den Club eintreten und vorher nur davor gestanden haben.

»Du und meine Schwester, ihr raubt mir den letzten Verstand.«

April ist müde und sie hat Alejandro nichts mehr zu sagen.

»Machs gut, Alejandro!«

Sie legt auf und schaltet ihr Handy aus. Morgen wird sie ihre Nummer ändern. April hat vieles gesehen und miterlebt. Alejandro ist nicht der erste Typ, auf den sie hereinfällt, doch sie weiß auch, wann sie von etwas, was ihr nicht gut tut, Abstand halten muss.

»Wirst du dieses Zimmer jetzt die nächsten Monate nicht mehr verlassen?«

Belinda kommt aus dem Bad, sie hat es geschafft, sich zu duschen, sich eine schwarze Leggings und ein schwarzes enges Top anzuziehen, ihre Haare zu einem hohen Zopf zu binden und sich sogar zu schminken.

Es ist jetzt zwei Tage her, seit Belinda vor ihrer und Vidals Familie eröffnet hat, dass sie schwanger ist. Diese zwei Tage waren die Hölle. Belinda lag nur im Bett, sobald sie etwas zu sich genommen hat, kam es wieder heraus. Alena war die ganze Zeit an ihrer Seite, Lilly ist gekommen, auch Emilia und Alina haben sie besucht, doch das Wichtigste für Belinda: Ihr Vater war immer wieder da, er kümmert sich darum, dass Belinda ständig Essen und Getränke hat und ist wirklich bemüht, dass es ihr gut geht. Auch Santos und Ponce waren bei ihr.

Ponce war gestern den halben Nachmittag da, er hat nicht viel gesagt, sie kann sich denken, dass das nicht leicht für ihre Brüder ist, doch er hat Popcorn mitgebracht, hat sich zu ihr ins Bett gelegt und zusammen mit Alena haben sie sich einen Film angesehen. Santos ist gestern Abend gekommen, die anderen sind feiern gegangen und er hat sich zu Belinda gesetzt.

Santos war der Einzige, der sie auch direkt wegen der Babys angesprochen hat, er hat gefragt, was sie jetzt machen möchte. Sie hat ihrem Bruder die Bilder gezeigt und klar gemacht, dass sie die Babys nicht wegmachen lassen kann, nicht, nachdem sie die Herzen hat schlagen sehen, nicht, wenn sie in einem Moment so großer Liebe entstanden sind.

Belinda weiß, dass es passiert sein muss, als sie sich heimlich zu Vidal in den Lagerraum geschlichen hatte, wenn sie an all die Gefühle denkt, die sie damals empfunden hat, bekommt sie heute noch Gänsehaut. Diese unendliche Erleichterung, dass er lebt, diese starke Liebe, die die Luft zwischen ihnen hat knistern lassen, sie weiß, dass der Moment etwas ganz Besonderes war. Und auch wenn jetzt alle, auch sie, erst einmal schockiert und überfordert sind, sind auch diese Babys etwas ganz Besonderes, Belinda sagt sich das immer wieder, es fühlt sich vielleicht gerade nicht so an, doch es ist so.

Santos war lange bei ihr und ist irgendwann neben ihr eingeschlafen. Belinda hat Lilly Bescheid gegeben und ist dann auch eingeschlafen, heute morgen hat er ihr Frühstück gebracht und ist danach zu sich hinüber gegangen, um zu duschen. Alicia war da und hat ihr einen Tee gemacht, dieser Tee ist gegen Übelkeit in der Schwangerschaft, und seit sie ihn getrunken hat, geht es Belinda wirklich schon ein wenig besser. Sie hat das Frühstück bei sich behalten und die Übelkeit hat nachgelassen.

Alicia hat ihr gleich eine volle Kanne gemacht, sie kann ihn auch kalt trinken und Belinda hat sich endlich wieder etwas aufgerafft. Alle aus ihrer Familie waren bei ihr und haben ihr so gezeigt, dass sie hinter ihr stehen, dem einen fällt es leichter, dem anderen schwerer, doch alle waren da, bis auf Alejandro.

Deswegen hält Belinda auch ein, als sie jetzt auf ihren ältesten Bruder blickt, der lässig gegen ihren Türrahmen lehnt und sie von oben bis unten mustert. »Ja, ich gehe gleich mit Santos und Lilly einkaufen. Wir müssen ein paar Sachen für das Center besorgen und ich muss wieder unter Leute kommen.«

Alejandro betritt ihr Zimmer, während Belinda ihr Handy und ihr Portemonnaie in eine Umhängetasche legt. »Papa meinte, der tut dir gut und du behältst ihn bei dir.« Sie hat nicht gesehen, dass Alejandro einen Becher mit dem Drink aus dem Einkaufszentrum bei sich hat, den sie auch mit ihrem Vater getrunken hat. Das ist so typisch Alejandro, er ist kein Mann der großen Worte, er findet sie, wenn er möchte, doch oft lässt er Gesten für sich sprechen, so wie jetzt.

»Danke.« Sie nimmt den Becher und küsst Alejandro auf die Wange, dabei spürt sie seinen Blick auf ihrem Bauch. »Wie können da Zwillinge drin sein?« Belinda zuckt die Schultern. »Ich weiß es auch nicht, aber auf jeden Fall halten sie mich jetzt schon ganz schön auf Trab. Ich konnte kaum schlafen, weil mir so übel war, aber es wird besser.«

Alejandro nickt und atmet tief ein. »Ich denke, du weißt, dass wir dich lieben und dass wir am Ende vom Tag auch die beiden lieben werden und sie zu uns gehören, doch ich weiß nicht, wie das mit Vidal sein wird. Hast du dir deswegen schon Gedanken gemacht?«

Belinda bricht den Augenkontakt ab. Alejandro hat von allen am ehesten ihre Gefühle für Vidal akzeptiert, weil er dabei war, er hat gesehen, wie Vidal ohne zu zögern für Belinda gestorben wäre, er hat sie beide zusammen erlebt und weiß, dass es ernst zwischen ihnen ist, zumindest dachte das Belinda.

Gerade weiß sie, was Vidal angeht, nichts mehr, sie ist wütend und das möchte sie Alejandro nicht zeigen. Er würde jede kleine Äußerung nehmen und gegen eine Beziehung zwischen Belinda und Vidal verwenden.

»Um ehrlich zu sein, nein, ich habe noch nicht einmal mit ihm gesprochen, seit ich es euch allen gesagt habe. Gerade bin ich einfach nur froh, dass ich mich wieder bewegen kann ... alles andere regelt sich sicher die Tage ... muss es ja ... irgendwie.«

Belinda hat Vidal eine Nachricht geschrieben, die er gelesen hat, doch er hat sie nicht beantwortet. Gestern hat sie mit Camilla gesprochen und erfahren, was gerade bei den Puentes los ist. Vidal stand eine ganze Weile völlig neben sich. Sein Vater und seine Mutter sind sehr aufgebracht. Camilla wollte keine Details erzählen, doch Belinda hat sie darum gebeten. Sie muss wissen, was vor sich geht.

Vor allem die Mutter hat wohl ziemlich ausgeholt. Sie hat Belinda verflucht, hat gesagt, niemand von ihnen wird das Baby anerkennen, hat angezweifelt, dass es Vidals Baby ist, es als Taktik der Sombras abgetan. Dass die Familia von Vidal am allerwenigstens all das zwischen ihnen versteht, war ihr klar, nachdem Vidal fast

108

sein Leben für sie verloren hätte, sie weiß, dass seine Eltern ihr das nicht verzeihen werden.

Doch sie hat nicht geahnt, dass sie so grausam sein werden, wenn sie von ihrer Schwangerschaft erfahren, sie wissen ja noch nicht einmal, dass es Zwillinge sind.

Camilla weiß nicht, ob Vidal davon weiß, wie die Eltern sprechen, sie weiß nur, dass er an dem Abend noch feiern war und so betrunken war, dass er nach Hause gebracht werden musste und zweimal Streit angefangen hat, es soll sehr wild gewesen sein.

Das ist es, was Belinda wirklich verletzt. Immer wenn er sie in seinen Armen gehalten hat, hat er ihr geschworen, dass er immer für sie da ist, sie nicht verletzen wird, nichts mehr sie auseinanderbringt. Und so setzt er das dann um? Während sie sich vor Übelkeit kaum auf den Beinen halten kann, geht er feiern und besäuft sich?

Er hat ihr erst am nächsten Mittag geschrieben, dass sie sich treffen und reden sollen, doch daran hat Belinda nun erstmal kein Interesse mehr, sie hat nicht geantwortet, er hat noch zweimal angerufen, doch sie hat ihr Handy ausgeschaltet. Heute Morgen hatte sie es kurz an und mit April und Camila gesprochen, doch dann hat sie es wieder ausgeschaltet.

Gerade möchte sie nichts von Vidal oder seiner Familia wissen. Camilla hat sie gefragt, ob sie zu ihrer Hochzeit kommt in einigen Tagen, doch Belinda kann das nicht beantworten, nicht so, wie es gerade steht. Sie liebt Camilla und sie wollen sich heute Nachmittag im Casitas treffen.

Belinda möchte nicht die Hochzeit der beiden verpassen, sie war ja fast von Anfang an dabei, doch sie kann sich gerade nicht vorstellen, auf einer Feier mit Vidals Familia zu sein.

Belinda versucht alles auszublenden und wendet sich wieder ihrem Bruder zu. »Du wirst sicherlich ein sehr guter Onkel.« Alejandro lacht auf und sieht ihr in die Augen.

»Du bist ein toller Bruder.« Das ist er, es ist kompliziert zwischen ihnen, doch Belinda liebt ihn mittlerweile sehr und sie weiß, dass er es auch tut. Alejandro nimmt Belinda in die Arme und küsst ihren Scheitel. »Wer kommt noch alles mit? Roman und ich haben gleich einen Termin, sonst würde ich euch begleiten.«

Sie lösen die Umarmung und gehen zusammen die Treppen hinab, nachdem Belinda noch einmal geprüft hat, ob sie auch so aussieht, als würde diese Schwangerschaft sie nicht gerade völlig aus der Bahn werfen. Sie ist sehr dankbar, dass sie gutes Make-up hat, was so einige dunkle Augenringe verdecken kann.

»Ponce und Santos fahren mit Lilly, Alena und mir.« Alejandro zieht sein Handy aus der Tasche. »Ich war gerade bei Ponce, der ist nicht da. Der hatte wahrscheinlich gestern mal wieder ein wenig zu viel Spaß.«

Ponces Kopf dröhnt wahnsinnig, als er es schafft, seine Augen zu öffnen. Sein Handy klingelt, müde nimmt er an und sieht sich dabei um. Er ist noch immer bei Alina, vage erinnert er sich daran, wie er gestern hier gelandet ist.

Es ist Alejandro, der ihm sagt, dass alle auf ihn warten. Ponce sagt, dass er nur schnell zuhause unter die Dusche springt und gleich da sein wird. Er steht auf und flucht auf, alles tut ihm weh, die Couch ist nicht gerade gemütlich. »Hier, das kannst du gebrauchen.« Hinter ihm kommt Alina aus der Küche und hält ihm eine Tasse Kaffee hin, die er auch annimmt.

Er ist noch müde, trotzdem entgeht ihm nicht die kurze Stoffshorts und das enge Top, was Alina trägt, sie scheint auch erst aus dem Bett gekommen zu sein. »Geht es dir besser?« Ponce nimmt einen Schluck und sieht ihr in die Augen. Sie ist wunderschön, besonders so früh am Morgen. Meistens ist es eher so, dass Frauen am Morgen gruselig aussehen im Gegensatz zum Abend, nachdem Ponce sie ins Bett bekommen hat.

»Es geht, ich muss los.« Alicia legt ihre Hand auf seinen Arm. »Das wegen Weihnachten, ich wollte nicht, dass das etwas zwischen uns ändert. Ich bin dir sehr dankbar für alles und ich mag dich.« Da sie das Thema anspricht. »Was sollte das werden, Alina? Was willst du dir selbst beweisen? Ich weiß, dass das, was du da mitgemacht hast, hart ist. Alena und einige andere haben dir geraten, die Therapiehilfe anzunehmen und jetzt denke ich erst recht, dass du es tun sollst.«

Alina sieht ihm in die Augen, sie wirkt sehr klar.

»Nein Ponce, mir geht es gut. Ich habe keine Alpträume mehr, ich schlafe gut. Ich fühle mich hier sicher. Ich weiß, dass das mit Benjamin vorbei ist, wirklich. Alles was mir noch Sorgen macht ist, dass ich keine Nähe mehr zu Männern zulassen kann und ich dachte, da du mir ja irgendwie am nächsten stehst … also hier und überhaupt, dass ich das mit dir probieren kann. Ich hätte dich fragen sollen, mir ging das so lange im Kopf herum, dass ich es einfach gewagt habe, das tut mir leid.«

Ponce ist überrascht über ihre Ehrlichkeit. Wenn er sie so ansieht, wirkt sie auch nicht so verletzt und gebrochen wie Alena. Wahrscheinlich geht wirklich jeder Mensch anders mit solchen Situationen um und Alina kann das besser verarbeiten. »Also war ich so etwas wie dein Versuchsobjekt? Es scheint ja nicht funktioniert zu haben, so wie du dann plötzlich deine Meinung geändert hast.«

Alina lässt seinen Arm los. »Doch natürlich, ich hätte nur langsamer vorgehen sollen. Es hat sich fantastisch angefühlt, das erste Mal seit Langem war ich wieder in der Lage zu fühlen, Nähe zuzulassen, doch ich hätte das schrittweise tun sollen, nur mir war klar, dass ich mit dir nur diesen Moment hatte und ich habe nicht auf meinen Körper gehört. Es tut mir leid, wenn ich dich dafür ausgenutzt habe.«

Ponce lacht leise auf. »Kein Problem, mich hat das nicht gestört, im Gegenteil, und hättest du mir das vorher gesagt, hätten wir es auch langsamer angehen lassen können ...« Sie sehen sich in die Augen und Alina beißt sich auf ihre pralle Unterlippe. »Also hättest du generell kein Problem, mir dabei zu helfen ... auch jetzt, wo du weißt, worum es geht?«

Die Bilder von gestern Nacht gehen ihm durch den Kopf, er war nicht mehr in der Lage, eine andere Frau zu genießen und er weiß, dass er hier mit sehr heißem Feuer spielt. Alina ist völlig klar im Kopf. Sie braucht ihn nur, um die Sache mit Benjamin zu verarbeiten, er bietet ihr quasi seinen Körper an, mehr will sie nicht, er weiß nicht, ob er mehr wollen soll, doch das steht auch gar nicht zur Diskussion.

Wenn er vernünftig wäre, würde er davon Abstand nehmen, sie zur Therapie mit Alena überreden und diese paar Sekunden zwischen ihnen vergessen, doch Ponce sieht in ihre schönen Mandelaugen, auf ihre weiche Haut, ihre Schenkel. Er war noch nie vernünftig.

»Ich muss jetzt mit meiner Schwester etwas erledigen und habe noch einige Termine. Ich komme heute Abend vorbei, dann reden wir noch einmal darüber.«

Kapitel 11

Santos hält ihnen die Tür auf und lässt sich nicht die Chance entgehen, Lilly gleich an sich zu ziehen, ihr einen Kuss zu geben und den Arm um sie zu legen, während Belinda aussteigt.

Ponce, Alena und ein weiterer Mann steigen aus dem anderen Auto. »Warum kommt Alina eigentlich nicht mit?« Belinda liebt es, Santos und Lilly zu beobachten, man sieht, wie glücklich und verliebt die beiden sind und vor allem wie frei. Alle freuen sich für sie, es spricht nichts gegen die Liebe und ihnen werden keine Steine in den Weg gelegt.

Ponce, Alena und der andere Mann kommen zu ihnen, Santos legt seinen anderen Arm um Belinda, und so laufen sie auf das Einkaufszentrum zu. »Es kommt gleich eine Lieferung mit Spielgeräten, nur sie weiß, wo was hin muss, deswegen bleibt sie im Center, während wir nach Gardinen suchen. Ich bin froh, mal etwas Zeit außerhalb der Uni verbringen zu können.«

Santos hat sich schon bei Belinda beschwert, Lilly hat hier mit der Uni begonnen und sitzt gerade ständig am Schreibtisch, doch im Grunde ist er froh, sie hier bei sich zu haben. »Emilia begleitet mich bald zur Uni, wir wollen den Direktor fragen, ob es eine Möglichkeit für sie gibt, etwas zu lernen, auch wenn sie eigentlich nie eine Schule besucht hat.«

Belinda spürt, wie die Übelkeit langsam wieder beginnt und atmet tief ein, während sie versucht, sich auf das Gespräch zu konzentrieren. »Was hältst du davon ...?«

Kurz bevor sie den Eingang erreichen, bleiben sie stehen, genau in dem Moment kommen Vidal, Elian, Benito und Aaron aus dem Einkaufscenter und sehen genauso überrascht auf sie wie sie zu ihnen. Sie sind in San Juan, alle Familias dürfen sich hier aufhalten, doch dass sie so aufeinandertreffen, passiert nicht sehr oft.

Vidal sieht Belinda in die Augen und alles in ihr zieht sich zusammen. Sie erkennt die Liebe in seinen Augen, sie hat auch keine Zweifel, dass sie da ist, sie versteht auch, dass er überfordert ist, doch das rechtfertigt nicht seine Reaktion, vielleicht die erste, doch dann hätte er spätestens bei ihrer Nachricht reagieren können.

Als sie ihm jetzt in die Augen blickt, weiß sie auch genau, wieso sie so sauer ist: Sie braucht ihn, mehr als alles andere braucht sie ihn an ihrer Seite, doch er denkt, er müsste feiern gehen.

Sie trennt den Kontakt, sie sieht, wie auch Alena und Elian sich ansehen und läuft als Erstes einfach weiter, während die Puentes langsam an ihnen vorbeigehen. »Belinda!« Sie reagiert nicht, sie möchte nicht einmal wissen, wie ihre Brüder Vidal ansehen, doch außer Vidal sagt niemand ein Wort.

»Belinda, wir sollten miteinander reden.« Nun kann sie sich doch nicht mehr zurückhalten und sie ist wirklich dankbar, dass alle hier die Situation respektieren und sich zurückhalten.

»Oh, auf jeden Fall, Vidal, das wollte ich, doch du hast es vorgezogen, feiern zu gehen, während ich kaum aufstehen konnte. Geh doch erst noch eine Weile Party machen, vielleicht bist du dann irgendwann so weit, dich dem zu stellen …«

Sie würde ihm noch so gerne so viel an den Kopf werfen, doch sie will das nicht vor all den Leuten hier eskalieren lassen, deswegen geht sie einfach weiter ins Einkaufszentrum. Alena ist direkt neben ihr, sie hören noch Santos lachen.

»Da wollte ich heute wirklich mal zulassen, dass du dich mit meiner Schwester aussprechen kannst, aber so ist das Leben … Sie will nicht. Da kann man nichts machen, ich hoffe, sie bleibt so vernünftig und damit du und alle anderen es auch wissen: Wir alle stehen hinter ihr, wir kümmern uns um sie. Sie wird niemals auf einen Puentes angewiesen sein!«

Belinda hört nicht, was sie noch sagen, doch es kann nicht mehr viel sein, denn eine Sekunde später kommen Lilly, Ponce, Santos und der andere Mann zu ihnen ins Center. Santos lächelt sie zufrieden an, Belinda würde am liebsten die Augen verdrehen, doch sie lässt es sein, keiner wird verstehen, wie weh es ihr tut, genau jetzt Vidal nicht bei sich zu haben.

»Du bist so ruhig heute?« Emilia konzentriert sich auf die Straßen San Juans. Roman hat sie heute morgen abgeholt und sie sind eine ganze Weile auf einer Schnellstraße gefahren. Jetzt sind sie in San Juan und da Emilia schon einige Schilder und Regeln gelernt hat, fällt es ihr auch gar nicht schwer, zurechtzukommen. Roman hat wirklich recht, je mehr sie fährt, desto einfacher wird es.

Es hat sie überrascht, dass er sie heute abgeholt hat, Emilia hatte noch einmal mit Lilly geübt, Roman war viel unterwegs und sie wollte ihm nicht auch noch zur Last fallen. Noch immer hat sie das Gefühl, dass sie irgendetwas Falsches gesagt hat, als sie das erste Mal zusammen gefahren sind, doch die Ereignisse haben sich überschlagen und sie sind nicht mehr dazu gekommen, miteinander zu sprechen, bis heute. Er stand plötzlich in ihrem Lesezimmer, wo sie nun viel Zeit verbringt und hat gefragt, ob sie Zeit hat und mit ihm üben möchte.

Natürlich möchte sie, Emilia mag es, Auto zu fahren und Petro hat ihr gesagt, dass sie sich bald nach einem Wagen für sie umsehen. Roman ist sofort aufgefallen, dass Emilia weiter gelernt hat. Sie hat auch seinen Blick gespürt, heute trägt sie nur ein weiteres fliederfarbenes T-Shirt und eine Leggins.

Sie zeigt somit mehr Haut als bisher, nach und nach lässt Emilia ein wenig los. Sie weiß noch nicht, ob sie das Kopftuch ablegen wird, um ehrlich zu sein, hat sie aufgehört, sich darüber Gedanken zu machen, sie zieht sich so an, wie sie möchte und gut fühlt und heute hatte sie Lust dazu.

Jetzt im Auto, so nah neben Roman, bemerkt man ihre helle Haut besonders stark, sie ist selbst heller als Lilly, nur ihre dunklen

Mandelaugen erinnern an ihren puertoricanischen Vater, den sie nie kennengelernt hat.

»Ich habe momentan viel, was mir im Kopf umhergeht.« Selbst an seiner Stimme erkennt Emilia das. »Fahr hier rein, da können wir halten und etwas trinken.« Sie tut, was er gesagt hat und hält am Hafen. »Aber das ist doch ein Halteverbot, oder?« Roman nickt. »Für Autos mit unseren Kennzeichen gelten keine Verkehrsregeln.«

Gut zu wissen, sie wird sich in Zukunft trotzdem daran halten, doch jetzt steigt sie mit Roman aus und geht mit ihm zu einem Café. Sie setzen sich gegenüber auf eine Terrasse und sofort kommt ein Kellner, der nach ihren Wünschen fragt. Beide bestellen kalte Cola und Roman dazu noch einen Teller Bruscetta.

Als der Kellner weg ist, sieht er ihr in die Augen. Hier im Sonnenschein strahlen seine noch heller, seine dunkle Haut schimmert golden und einen Moment wirkt es fast so, als wolle er in sie hineinsehen, sie erforschen, es ist ein seltsam intimes Gefühl, was Emilia vorher noch nie empfunden hat.

Deswegen trennt sie den Blickkontakt auch schnell. »Hat das etwas mit Belinda zu tun?« Roman lehnt sich zurück. »Ich kann es nicht akzeptieren, dass sie jetzt mit unserem größten Feind Kinder bekommt. Somit gehört er automatisch zur Familie, auch wenn jetzt noch alle sagen nein. Ich weiß, dass es so kommt und ich weiß, dass es nicht richtig ist.«

Emilia hat Roman schon sehr aufgebracht wegen der Puentes erlebt, generell ist er einer der temperamentvollsten Männer der Familia. Erst jetzt langsam, wenn er bei Emilia ist, eigentlich seit er sie in Österreich besucht hat und sie die ersten Male wirklich Kontakt zueinander hatten, ist er ruhiger geworden, zeigt ihr eine andere Seite und genau deswegen mag sie ihn mittlerweile auch so sehr, dass er nach Petro ihr größter Bezugspunkt hier ist. Vielleicht war ihr das noch nie so bewusst wie in diesem Moment.

»Aber Belinda liebt ihn?« Roman nickt, der Kellner bringt ihre Getränke und die Bruscetta. »Und er liebt sie?« Roman nimmt einen Schluck und schiebt ihr den Teller mit den Bruscetta hin. »Darum geht es doch nicht, man kann nicht alles mit Liebe entschuldigen.« Sie nickt. »Nicht alles, aber einiges schon und es ist nicht richtig, etwas entzweien zu wollen, was vermutlich zusammengehört.« Sie probiert die Baguettestücke mit leckeren Tomaten darauf. »Ich kann da eh nicht viel machen, nur meine Meinung sagen, wäre das Alena, würde Vidal schon nicht mehr ...« Er beendet seinen Satz nicht, das muss er auch gar nicht. Emilia weiß, wie sehr Roman seine Schwester schützt, besonders nach dem, was ihr passiert ist.

»Wirst du dir das jemals verzeihen?« Roman sieht sie überrascht an. »Was meinst du?« Nun blickt sie ihm doch wieder richtig in die Augen, um seine Reaktion auch wirklich zu sehen. »Das mit Alena, man spürt, dass du dir dafür die Schuld gibst, doch niemand hat daran Schuld, niemand!«

Sie weiß, dass er sich dafür die Schuld gibt, jeder weiß es, Emilia hat auch schon mal mit Alena darüber gesprochen. »Sie ist meine kleine Schwester und ich hätte sie schützen müssen. Als wir Kinder waren, ist sie immer zu mir ins Bett gekrochen, wenn sie Angst hatte und ich habe ihr jedes Mal geschworen, dass ich sie schützen werde und niemals jemand sie verletzten wird. Ich konnte mein Versprechen nicht halten.«

Sie lächelt, wenn sie an Alena und Roman als Kinder denkt, sie hat Bilder gesehen. Sie waren zuckersüß, genau wie Petro. »Keiner kann solch ein Versprechen halten, das ist nicht möglich.« Er sieht auf ihren Arm und noch bevor Emilia reagieren kann, streicht er mit seinem Daumen über ihren Arm.

Nur ganz kurz, eine schnelle Bewegung, eigentlich unbedeutend, doch Emilia geht es durch Mark und Bein, noch niemals hat ein Mann sie so berührt.

»Seit unserer letzten Fahrstunde muss ich oft über eines nachdenken: Du hast gesagt, dass du nicht möchtest, dass Petro sich die Chance auf eine Zukunft mit einer guten Frau verbaut ...« Er versucht gelassen zu klingen, doch sie spürt, dass das der Punkt ist, der ihn schon die ganze Zeit gestört hat.

»Was ist dann mit mir? Werde ich deiner Meinung nach keine Chance auf eine gute Frau haben? Ich kann nicht einmal mehr zählen, wie viele Frauen ich hatte und doch denke ich, dass die richtige Frau verstehen wird, dass das nicht immer von großer Bedeutung ist.«

Hat ihn das wirklich die ganze Zeit beschäftigt? »Woher soll die Frau dann aber wissen, dass das mit ihr eine andere Bedeutung hat als das mit all den anderen Frauen vorher?« Roman beugt sich noch ein wenig näher zu ihr und wieder spürt sie ein Kribbeln im Bauch bei diesem intensiven Augenkontakt.

»Das wird sie dann schon spüren.«

Es ist ein ständiges Hin und Her. Immer wieder denkt Ponce an den Tag, als er Alina im Haus mit Benjamin vorgefunden hat. Sie hat sich nicht einmal gewagt, hochzublicken, er wird das niemals vergessen und gleichzeitig denkt er ständig an den Kuss, ihren Geruch, ihre weiche Haut. Und allein beim Gedanken daran, dass er all das heute wieder spüren kann, hat er an nichts anderes denken können. Deswegen ist er auch schon viel früher als geplant zurückgekommen.

Ist das alles eine blöde Idee? Hundertprozentig, doch Ponce ist bekannt dafür, blöde Ideen umzusetzen, Alejandro wird bis heute nicht müde, seine schlimmsten Dummheiten herumzuerzählen.

Er hält vor Alinas Haus. Davor war er im Center, doch dort haben die Arbeiter ihm gesagt, dass Alina vor einer Stunde gegangen ist.

Er klopft an die Haustür und tritt kurz danach ein, ohne auf ein 'Herein' zu warten, bei ihnen klingelt niemand und das Haus ist zu groß, um ein Klopfen zu hören. »Alina?« Sie kommt gerade aus dem Garten und sieht erst verblüfft zu ihm und dann auf die zarte Armbanduhr, die sie zu Weihnachten bekommen hat. »Du bist zu früh, ich wollte noch Kuchen backen.« Ponce legt seine Waffe ab und streift sich seine Sneakers von den Füßen. »Kuchen?«

Er betrachtet sie von Kopf bis Fuß, bevor er sich auf ihre Couch setzt und zurücklehnt. Er ist geschafft von den letzten Tagen. Alina trägt einen kurzen Einteiler, er ist komplett schwarz, dünne Träger halten das Ganze an ihrem Körper. Eine große Schleife ist um ihre Hüfte gebunden. Da ihr der Einteiler nur bis zur Mitte der Oberschenkel geht, kann Ponce ihre schlanken Beine genau betrachten, ihre zarten Füße und auch ihren Ausschnitt.

Bisher hatte Ponce immer nur Frauen mit Kurven, er mag das, doch Alina schafft es, ihn an nichts anderes mehr denken zu lassen, als sie noch einmal zu spüren. Sie ist ungeschminkt und trägt einen Zopf. »Ja, ich kann gut backen und ich dachte, das würde das Ganze vielleicht nicht so unangenehm werden lassen.«

Ponce muss lächeln, als er sieht, dass sich ihre Wangen rot verfärben. »Mir ist das alles andere als unangenehm.« Alina atmet tief ein und geht in die Küche. »Gut, mir aber. Ich musste heute den ganzen Tag darüber nachdenken, am liebsten hätte ich, dass wir das alles wieder vergessen.« Oh nein, das läuft in die komplett falsche Richtung.

Sie kommt mit zwei großen Gläsern Eistee wieder. Ponce sieht sich um, sie hat es sich hier wirklich gemütlich gemacht. Weiche Kissen, Bilderrahmen mit hellen Blumen, Vasen mit frischen Blumen, abgebrannte Kerzen, Alina scheint sich eingelebt zu haben. Er nimmt einen Schluck. »Wieso vergessen? Erkläre mir doch erst einmal, was genau du vorhattest, bevor du das alles wieder absagst.«

Alina setzt sich zu ihm und wendet sich zu ihm. »Okay, natürlich, du hast ein Recht zu erfahren, was das sollte. Ich denke, das Problem ist, dass ich nicht wirklich an Therapien glaube. Mein Vater und ich haben oft erlebt, dass Therapien alles nur noch verschlimmern. Mein Vater hat immer gesagt, man muss sich selbst helfen lernen, nur man selbst kann seinen Körper und Geist heilen … wahrscheinlich habe ich deswegen einfach angefangen, mich um mich selbst zu kümmern.

Das Wichtigste ist, dass ich das, was passiert ist, nicht verdränge, und wenn es mir noch so schwerfällt, ich setze mich mit alldem auseinander und es hilft. Ich kann langsam wieder schlafen, denke daran, doch es beherrscht nicht mehr meine Gedanken, ich habe keine Angst mehr.

Na ja, also es ist noch nicht alles wieder gut, doch es wird besser. Das Einzige, was ich wirklich noch nicht konnte, ist Nähe zuzulassen, generell, aber vor allem von Männern. Ich habe mir selbst überlegt, wie ich mich da herausholen kann und das Einzige, was mir eingefallen ist: Die Nähe langsam wieder zuzulassen und zu verstehen, dass es etwas anderes ist, ob ich Nähe möchte oder man sie mir aufzwingt wie Benjamin.«

Ponce nickt. Sie wirkt wirklich sehr sicher, wenn sie über all das spricht. »Es war nicht geplant, dass ich so über dich herfalle, doch von allen Männern, mit denen ich Kontakt habe, kenne ich dich am besten. Und dann Weihnachten, der schöne Abend, ich habe deine Nähe genossen und dachte, probiere es einfach … ich meine, ich weiß ja, dass du und auch deine Brüder und Freunde … ständig etwas mit Frauen habt. Ich dachte, es wäre perfekt, weil das für dich halt auch keine große Sache wäre ...«

Autsch, wenn sie wüsste, dass nur noch sie ihn in seinen Gedanken verfolgt. »Aber ich war einfach zu schnell, mir hat das wirklich gefallen. Ich habe mich fantastisch gefühlt, ich konnte es nicht nur ertragen, ich habe es genossen. Ich habe noch nie so etwas in der Art gefühlt und war wie in einem … Rausch, doch dann hat mich das eingeholt und mein Körper hat mir gesagt, dass es zu schnell war.«

Das hat er gemerkt, Ponce lehnt sich noch zufriedener zurück. Es hat ihr gefallen, sie hat es genossen. Auch Alina lehnt sich zurück, immer noch zu ihm gewendet, sie lehnt ihr hübsches Gesicht in das weiche Sofa und sieht ihn an. »Doch dann habe ich gemerkt, dass du sauer warst und mir ist klar geworden, dass ich so etwas nicht von jemandem verlangen kann.«

Oh doch, kannst du. »Ich war nicht sauer, ich habe nur nicht verstanden, was los ist. Hättest du mir von vornherein gesagt, was los ist, wäre alles gut gewesen.« Sie sieht ihm in die Augen und er erkennt einen Funken Hoffnung aufblitzen. »Bedeutet das, du findest die Idee nicht total krank und unsinnig?« Er legt das Glas beiseite. »Ich bin schon um Schlimmeres gebeten worden, ich habe damit kein Problem. Im Gegenteil.«

Alinas Wangen färben sich wieder leicht rot. »Okay, dann einfach langsamer, so schaffe ich es vielleicht immer mehr, wieder Nähe zuzulassen ...« Ponce nickt. »Das klingt nach einem Plan.« Sie nickt und leert ihr Glas, dann räuspert sie sich. »Möchtest du noch etwas trinken?« Er schüttelt den Kopf und spürt, wie verkrampft und unsicher sie auf einmal ist.

»Du darfst einfach nicht zu viel darüber nachdenken, Ali.« Seine Hand geht an ihre Wange, er beugt sich vor und küsst zärtlich ihre Lippen. Am liebsten würde er aufseufzen, als er sie endlich wieder schmeckt. Auch wenn er sie nur kurz küsst, reicht das schon. Er entfernt sich und achtet auf ihre Reaktion, noch einmal möchte er nicht hinausgeworfen werden, doch Alina schließt die Augen und rückt näher an ihn, was für Ponce der Startschuss ist.

Seine Lippen erobern ihre, langsam, doch er zeigt deutlich, dass er diese Nähe vermisst hat. Auch wenn es ihn alle Überwindung der Welt kostet, hält er sich zurück, sie muss sich vorwagen und das tut sie. Alina kommt auf seinen Schoß, ohne den Kuss zu lösen.

Sobald sie sich auf ihn setzt, weiß Ponce, dass das auch harte Arbeit wird, sich zurückzuhalten. Alinas Zunge teilt ihre Lippen und Ponce öffnet ihren Zopf. Ihre weichen Haare umhüllen sie, während seine Hände an ihre Schenkel wandern. Sie küsst ihn fordernd und doch genießend. Sie löst den Kuss und sieht ihm in die Augen. »Ich habe oft daran gedacht.«

Seine rechte Hand fährt in ihren Nacken. »Da bist du nicht die Einzige.« Er schiebt sie ein wenig weiter nach oben und ist sich sicher, dass sie spürt, was sie mit ihm macht. Sie sieht ihm weiter in die Augen, bis er näher an sie herankommt und ihren Hals küsst, er knabbert an ihren Ohrläppchen und erkundet ihre Haut, spürt, wie sie auf eine zarte Stelle am Nacken reagiert und liebkost sie noch einmal dort.

Alina entfährt ein leises Seufzen und Ponce geht es durch den ganzen Körper. Seine Lippen fahren weiter, er schiebt die zarten Träger von ihren Schultern und stellt fest, dass sie keinen BH trägt. Seine Finger streichen über ihre schönen Brüste. Ob sie eine Ahnung hat, wie perfekt sie ist? Er sieht sie fragend an, doch ihre Augen liegen genießend auf ihm, was ihn dazu ermutigt, sie enger an sich zu ziehen und ihre Brüste zu liebkosen.

Verdammt, sie schmeckt so gut, fühlt sich so weich an. Er weiß, dass diese Idee ihn viel kosten kann und doch kann er nicht aufhören, besonders nicht, als sie die Augen schließt und ihr Atem schneller geht. Er weiß nicht, wer von ihnen beiden das mehr genießt, doch als sich dann ihre Lippen wieder treffen, ist der Kuss nur noch verlangend. Seine Hände fahren zu ihrem Slip und er spürt, wie sie zusammenzuckt, genau im selben Moment, als sein Handy klingelt.

Ponce beendet den Kuss zärtlich, langsam, sie müssen alles langsam angehen. Alina sieht ihn dankbar an, als er ihre süßen Lippen immer wieder küsst und sein Handy herauszieht und sieht, dass Levi ihm geschrieben hat. Es gab Probleme in Chile, sie müssen heute noch hinfliegen. Alina legt ihre Stirn an seine Schulter und scheint mit ihren Gefühlen zu kämpfen. Ponce legt seine Hände um sie und küsst ihre Wange.

»Ich muss jetzt los. Ich bin einige Tage weg, aber wenn ich zurückkomme ... würde ich mich über Kuchen freuen.« Sie sieht ihm in die Augen und lächelt, ein Lächeln, was er an ihr noch nie gesehen hat und was fast noch anziehender ist als alles, was sie gerade hatten.

»Sehr gerne.«

Kapitel 12

»Ich weiß, dass alles gut wird, vielleicht nicht sofort, doch ich kenne dich mittlerweile auch gut genug, um zu wissen, dass du das schaffen wirst. Auch ich werde hundertprozentig zu dir halten und nicht nur ich, ich bin mir sicher, dass sich alle mit der Zeit wieder beruhigen werden.«

Camilla schiebt Belinda den Teller mit Avocadomus, Chips und Tomatensalat hin. Sie hat ein wenig davon probiert und es geht ihr auch noch ganz gut, deswegen möchte sie ihr Glück nicht überstrapazieren und leert stattdessen ihr Glas mit Zitronenlimonade. »Ich bin mir absolut sicher, dass sich Vidals Eltern nicht beruhigen werden. Sie hassen mich und sie werden das alles niemals zulassen.«

Sie wünschte, Camilla würde ihr dieses Mal widersprechen, doch das tut sie nicht, sie sieht ihr nur in die Augen und zuckt die Schultern.

»Selbst wenn, Vidal ist erwachsen und er muss nicht mehr auf seine Eltern hören, du wirst nicht die Einzige sein, die sich nicht mit ihren Schwiegereltern versteht.«

Belinda lehnt sich zurück und lässt sich die Sonne auf die Nase scheinen. Heute Vormittag ging es ihr ganz gut im Einkaufszentrum, abgesehen davon, dass ihr das Aufeinandertreffen mit Vidal zugesetzt hat.

Doch die Übelkeit hielt sich in Grenzen, sie kam und ging, aber Belinda musste sich nicht übergeben.

Sie haben auch noch alle zusammen gegessen und sie konnte einige Stücken Pizza zu sich nehmen, doch vielmehr haben sie die Pommes von Santos' Teller interessiert, die er ihr immer wieder hingeschoben hat.

Mögen ihre Brüder von der Schwangerschaft halten was sie wollen, sie achten sehr darauf, dass es Belinda gut geht und fangen schon jetzt an, sie zu mästen.

Belinda mag Pommes eigentlich gar nicht, gerade liebt sie sie. Als sie jetzt wieder daran denkt, würde sie sich am liebsten auch hier eine Portion bestellen, doch sie sitzt jetzt schon knapp zwei Stunden mit Camilla hier und sollte langsam nach Hause.

Es ist jedes Mal schön, sie zu treffen, in wenigen Tagen ist die Hochzeit, Camilla ist furchtbar aufgeregt. Belinda hat das Kleid an ihr auf Fotos gesehen, die geplante Dekoration und einiges mehr.

Sie freut sich so sehr für die beiden, und noch immer geht Camilla davon aus, dass Belinda zur Hochzeit kommen wird, was sie eigentlich auch sehr gerne tun würde, eher gesagt, was sie unbedingt tun möchte, doch wie soll das momentan aussehen?

Belinda taucht da auf, ignoriert Vidal und seine Eltern und feiert mit den Puentes? Sie sagt nichts dazu, doch sie bezweifelt, dass sie an der Hochzeit teilnehmen wird.

Es verletzt sie, der Gedanke, nicht einmal an einer einfachen Hochzeit teilnehmen zu können, macht die Tatsache, ein normales Leben mit Vidal zu führen, schier unmöglich.

Sie hätte vorhin mit ihm sprechen sollen, doch in dem Moment wurde sie einfach so wütend. Ob das schon die sogenannten Schwangerschaftshormone sind? Unwahrscheinlich, wenn man bedenkt, dass sie noch nicht einmal einen Bauch hat, es sind einfach ihre Nerven, die all das nicht mehr so gut mitmachen wie sonst immer.

Belinda ist in den letzten Wochen und Monaten sehr abgehärtet worden, doch irgendwann stößt jeder an seine Grenzen und sie spürt, dass sie ihre nun erreicht hat.

»Ich verstehe mich mit ihnen, aber nicht wegen irgendwelcher blöden Weihnachtsgeschenke oder Fragen der Erziehung der Enkelkinder, ich habe Vidals Mutter ja noch nicht einmal getroffen. Das was zwischen uns liegt, kann man nicht einfach bei einem gemeinsamen Essen besprechen und aus der Welt schaffen.«

Camilla lächelt und sieht an Belinda vorbei auf den Parkplatz der Casita. »Nein, aber ihr Sohn liebt dich und deswegen werden auch sie irgendwann einmal auf dich zukommen müssen!« Belinda wendet sich um und folgt Camillas Blick. Vidal ist gerade aus seinem SUV gestiegen und kommt auf sie zu.

»Ihr bekommt das hin, da bin ich absolut sicher.« Sie stehen beide auf, bezahlt haben sie schon, deswegen gehen sie die Treppen hinunter, vor denen Vidal wartet. Er begrüßt Camilla mit einem Kuss auf die Wange, die sich auch gleich verabschiedet. Belinda sieht ihr hinterher und erst dann zu Vidal, der genau vor ihr steht und ihr ins Gesicht sieht.

»Wie geht es dir?« Belinda blickt in seine warmen dunklen Augen, die sie besorgt ansehen. Sie läuft in Richtung des Wassers, damit die anderen Gäste des Casitas ihre Unterhaltung nicht mitbekommen. Vidal versteht sie ohne Worte und läuft neben ihr her.

»Es geht, enttäuscht, ich hätte gedacht, dass wenn ich mal schwanger bin und es verkünde, wer auch immer es erfährt, in Jubelstürme ausbricht. Kennst du diese Videos, wo die Leute Bonbons zerplatzen und dann das Geschlecht erfahren? So etwas ungefähr, doch nicht das, wie es bei uns gelaufen ist.«

Sie hält an einem Geländer und sieht auf die vielen Schiffe und Boote. »Komm schon, Belinda, was hast du erwartet? Wir sind da gerade aneinandergeraten und du kommst und eröffnest uns solche Neuigkeiten?« Sie wendet sich zu ihm um.

»Es war nicht geplant, dass ihr es so erfahrt, als Erstes wollte ich mit dir darüber sprechen, doch du musstest ja unbedingt meine Familie provozieren. Was sollte das eigentlich, Vidal? Denkst du nicht, dass es in unserer Situation vorteilhafter wäre, wenn ihr euch einfach aus dem Weg geht?

Ihr habt genug Geld, alle. Musset ihr euch an die Geschäfte meiner Familia ranmachen? Du wusstest doch, dass das eskaliert.« Sie kann das einfach nicht begreifen. »Um ehrlich zu sein, hat mein Vater das alles arrangiert, ich habe es erst im Café erfahren, nachdem ich gelandet bin, kurz danach kamt ihr alle, doch ich würde meinen Vater in solch einer Situation auch niemals in den Rücken fallen. Ich habe aber danach mit ihm gesprochen. Wir haben alle Deals, die geplant waren, abgesagt, ich weiß selbst, was so ein Krieg für uns beide bedeuten würde.«

Sein Vater, natürlich, er wird alles versuchen, um neues Feuer zu entfachen, um Vidal und Belinda zu trennen.

»Uns beide? Ich glaube, das ist mittlerweile nicht mehr aktuell.« Sie fasst sich an den Bauch und Vidals Blick wandert dorthin. Auch jetzt sieht er nicht begeistert aus. »Uns ... dreien.« Belinda schließt einen Moment die Augen, er weiß noch gar nicht, dass sie Zwillinge erwarten. Vidal muss ihren Gesichtsausdruck falsch verstehen.

»Okay, ich versuche dir das mal so zu erklären, dass du dich vielleicht in meine Lage versetzen kannst:

Ich wollte nie eine feste Freundin haben, heiraten, Kinder oder all das, was damit zu tun hat. Zumindest nicht jetzt! Vielleicht irgendwann mal, aber erst einmal war alles, was für mich Priorität hat, die Familia. Dann kamst du und ... es wurde kompliziert.«

Belinda will protestieren und öffnet den Mund, doch Vidal tritt näher zu ihr und legt seinen Finger an ihre Lippen, dabei streicht er über ihre Wange. »Versteh das nicht falsch. Ich liebe es, dass du in meinem Leben bist.

Ich liebe dich und würde alles für dich tun. Es steht für mich außer Frage, dass wenn ich heirate, ich dich heirate und dass wenn ich Kinder bekomme, du ihre Mutter sein wirst, doch ich hätte all das nicht so schnell erwartet, Engel, das bedeutet doch nicht, dass das irgendetwas an meiner Liebe zu dir ändert oder an dem, was zwischen uns ist.

Natürlich war ich erst einmal schockiert und wusste nicht, was ich sagen oder tun soll, um ehrlich zu sein, weiß ich das immer noch nicht, doch ich werde dich niemals im Stich lassen. Weder dich noch unser Kind. Die Frau, die ich über alles liebe, erwartet mein Baby, das ist doch eigentlich das Schönste der Welt.«

Noch immer hat sie ihre Hand an ihrem Bauch und seine überdeckt ihre nun.

»Ja, aber nur eigentlich. Ich weiß, dass das für dich nicht leicht ist, für mich genauso wenig. Ich hätte das so gerne erst dir alleine gesagt, doch es ging nicht. Ich weiß nicht, wie das mit uns funktionieren soll, wie soll das jetzt mit den Babys sein? Und im Übrigen sind es Zwillinge, da in meiner Familie keine vorkommen, wird das wohl von deiner Seite sein.«

Nun sieht Vidal wieder einen Moment so aus wie an dem Tag, als er von der Schwangerschaft erfahren hat. Er nimmt seine Hand von ihrer und sieht sie von oben bis unten an.

»Wenn du jetzt nochmal so durchdrehst, nicht mit mir sprichst und feiern gehst, erlaube ich meinen Brüdern, dich zu erschießen.« Belinda meint das ernst, doch mit der Aussage rüttelt sie Vidal wieder wach und er atmet tief durch.

»Zwillinge … okay … Wenn ich etwas mache, dann halt richtig. Wie können in deinem Bauch zwei Babys sein, man sieht nicht einmal, dass du schwanger bist. In welcher Woche bist du?«

Belinda legt den Kopf ein wenig schief und Vidal nimmt ihr Gesicht in seine Hände. »Die Ärztin sagt, dass ich unbedingt zunehmen muss, doch das ist schwer, wenn ich noch nicht einmal Essen riechen kann, ohne mich zu übergeben und all der Stress ist auch nicht gerade hilfreich.«

Vidal hält noch immer ihr Gesicht in seinen Händen.

»Wir schaffen das, egal wie. Denkst du etwa, ich war feiern und habe irgendetwas gemacht? Dir sollte doch bewusst sein, dass ich kein Interesse mehr an anderen habe, darüber sind wir doch hinaus.

Alle werden damit klarkommen müssen und wir werden für vieles eine Lösung finden, aber am Ende zählt, dass es den … Kleinen gut geht und wir zusammen sind. Es wäre so oder so noch kompliziert geworden, auch ohne die beiden.«

Belinda lächelt. »Ich mag es, wenn du von ihnen sprichst.« Vidal küsst zärtlich ihre Lippen.

Sie würde ihm noch so gerne so vieles sagen, wie sollen sie jemals etwas hinbekommen, wenn sie noch nicht einmal zu einer einfachen Hochzeit der Puentes gehen kann, doch sie lässt es für das Erste bleiben, auch er wird darauf noch keine Antworten haben.

»Du hast mir gefehlt.« Nun kann Belinda ihre Tränen nicht mehr zurückhalten.

»Du mir auch, Engel. Ich dachte eigentlich, je mehr Zeit ich mit dir verbringe, umso leichter fällt es mir dann, wieder von dir getrennt zu sein, doch es wird nur schlimmer und schlimmer. Auf Dauer bedeutet das, dass wir uns nicht mehr trennen sollten, nicht einmal mehr für einige Tage.«

Er lächelt. Sie weiß, dass er sie auf andere Gedanken zu bringen versucht, doch Belinda fällt eine immense Last von den Schultern. Sie lehnt sich an Vidal und beginnt an seiner starken Brust zu weinen.

»Ich habe dich so gebraucht. Mir geht es wirklich nicht gut. Mir ist ständig übel und ich weiß einfach nicht, was ich tun soll. Wie soll das alles funktionieren? Deine Eltern hassen mich und sie werden auch diese Kinder hassen, so können doch keine Kinder in Liebe aufwachsen? Keiner von uns beiden wollte jetzt Kinder und nun kommen gleich zwei ...«

Es tut so gut, all das loszuwerden. Vidal umschließt sie mit seinen Armen. »Es tut mir leid, ich hätte von Anfang an für dich da sein sollen. Es wird alles gut, es ist keine leichte Situation, aber wir schaffen das. Ich werde mit meinen Eltern reden und auch mit deinem Vater und deinen Brüdern.«

Belinda weicht ein wenig zurück. »Ich weiß nicht, ob das so eine gute Idee ist.« Vidal streicht ihre Tränen weg.

»Es ist lebensmüde, aber es wäre nicht das erste Mal, dass ich mein Leben für dich riskiere. Wir müssen neue Regeln schaffen und überlegen, wie wir dich und die Babys am besten schützen können. Sie sollen nicht mit all dem Hass großwerden, da hast du recht.«

Belinda atmet tief ein. »Ich dachte wirklich, wir hätten die größten Katastrophen schon überstanden, doch gerade habe ich das Gefühl, sie stehen uns noch bevor.«

Kapitel 13

»Lesen Sie bitte die ersten fünf Kapitel bis morgen, wir werden einen kleinen Test darüber schreiben, und denken Sie besonders über die Rolle der Mutter nach.«

Lilly packt ihre Bücher zusammen und läuft den anderen Studenten die Treppen zum Ausgang hinterher. Das war ihre letzte Vorlesung für heute und in fast jeder hat sie Aufgaben für zuhause bekommen. Sie muss noch von gestern zwei Arbeiten erledigen und weiß jetzt schon, dass sie bis spät in die Nacht am Schreibtisch sitzen und arbeiten wird.

»Hey, du bist auch neu hier, habe ich gehört, weißt du, wie man einen Parkschein bekommt, damit man das Semester auf den Uni-Parkplatz kommt?« Die hübsche junge Frau, die Lilly vorhin schon im Saal aufgefallen ist, spricht sie unsicher an. Sie hat unwahrscheinlich schöne rote Locken, eine richtige Mähne und fast genauso auffällig grüne Augen wie Alena und Roman, nur sind ihre etwas kräftiger grün, während die von den Geschwistern eher türkisgrün sind.

»Ähmm, ja natürlich. Du musst zum Hausmeister gehen und dir einen Antrag dafür holen und ausfüllen. Das dauert nicht lange, wenn du Glück hast, gibt er dir gleich den Schein mit. Ich zeige dir, wo du den Hausmeister findest.« Die Frau sieht sie dankbar an und hält ihr ihre Hand hin.

Lilly ist hell, doch die Frau übertrifft sie noch einmal. Sie hat ähnlich helle Haut wie Emilia, nur dass die Haut dieser Frau auch viele Sommersprossen aufweist. Lilly liebt Sommersprossen. »Rose, ich bin gerade erst aus Island hergezogen. Ich studiere lateinamerikanische Geschichte und ja, da bietet sich diese Uni hier am besten an. Du siehst auch nicht aus, als wärst du von hier?«

Lilly lächelt und reicht ihr auch die Hand, während sie zusammen zum Ausgang gehen. »Ich bin Lilly. Ich bin hier großgeworden, also doch, ich gehöre hier schon irgendwie her, aber ich stamme ursprünglich aus Frankreich. Dann haben wir ja einige Studienkurse zusammen, freut mich. Wohnst du auf dem Unigelände oder hast du hier eine Wohnung?«

Bisher hatte Lilly noch nicht allzu viel Kontakt zu den anderen Studenten hier und freut sich, dass Rose sie angesprochen hat.

»Ich wohne auf dem Campus, also erst seit zwei Tagen, aber meine Mitbewohnerin spricht nicht mit mir … im Grunde mit niemandem, glaube ich, deswegen habe ich gedacht, ich frage dich jetzt einfach mal. Es gibt noch so einiges, was ich herausfinden muss, zum Beispiel auch, wo die Unibibliothek ist, die soll ja nicht auf dem Gelände sein.«

Sie verlassen das Gebäude und Lilly lächelt, als sie sieht, dass Santos genau am Eingang hält und am Auto gelehnt telefoniert. Sie hat gar nicht mit ihm gerechnet, doch ihr Herz schwillt sofort vor Liebe an.

Er sieht ihr entgegen und beendet das Gespräch.

»Nein, die ist in der Nähe des Hafens. Ich muss morgen dort eh Bücher abgeben, wenn du möchtest, können wir nach der Uni zusammen dahin fahren, dann kann ich dir das alles zeigen.«

Rose atmet erleichtert aus. »Ich wusste doch, dass es eine gute Idee ist, dich anzusprechen. Danke. Das wäre echt eine Erleichterung.« Lilly nickt. »Gut, dann machen wir das morgen, jetzt musst du über den Parkplatz, siehst du das kleine Extrahaus dort vor dem Sportplatz? Da sitzt der Hausmeister.« Rose lächelt. »Danke für deine Hilfe, bis morgen.«

Lilly verabschiedet sich und geht dann die Treppen zu Santos hinunter, der ihr die Bücher abnimmt, sie durchs offene Fenster ins Auto legt und ihr einen langen Kuss auf den Mund gibt. »Hast du eine neue Freundin?« Lilly sieht Rose hinterher. »Könnte sein, das wird sich zeigen. Es ist aber immer gut, auch Freunde außerhalb der Familia zu haben, denkst du nicht?«

Santos legt die Arme um ihre Taille, sie muss an gestern denken. Sie hatten sich einige Tage kaum gesehen, immer nur kurz, er hatte zu tun und sie genauso, doch gestern Nacht hat sie auf ihn gewartet und ihn mit sexy roten Dessous überrascht, sie weiß, dass so etwas die Beziehung aufregend hält.

Es war schön, sie haben sich ganz ruhig geliebt, das ist bei ihnen seltener der Fall, doch gestern haben sie sich Zeit genommen. Man konnte schon fast das Blut des anderen durch die Venen pulsieren hören, es war etwas Besonderes und Lilly möchte das unbedingt nochmal fühlen.

»Nein, das ist nicht gut, auf keinen Fall! Du gehörst zu mir und meiner Familia, das wars. Ich muss dich schon mit der Uni teilen, noch mehr Freunde überstehe ich nicht.« Lilly lacht und küsst ihn. »Mach dir keine Sorgen, ich vernachlässige dich schon nicht, es ist schön, dass du mich abholst, ich hatte nicht damit gerechnet.«

Santos hält Lilly die Beifahrertür auf und setzt sich dann ans Steuer. »Ja, ich dachte, da ich die letzten Tage so schlecht gelaunt war, mache ich das alles wieder gut und wir gehen zu deinem Lieblingsitaliener. Belinda ist wieder da.«

Es ist zu süß, wie sich die drei Brüder benehmen, wenn es um ihre kleine Schwester geht. »Mir hat das nichts ausgemacht, Santos. Ich weiß, dass du Vidal nicht magst, doch Belinda und er bekommen Zwillinge und dass sie jetzt zwei Tage zusammen in einem Hotel geblieben sind und sich eine Auszeit genommen haben, ist doch normal.

Was denkst du, wie die nächste Zeit sein wird? Werdet ihr alle jetzt jedes Mal, wenn Belinda mit Vidal zusammen ist, schlechte Laune haben? Auch wenn es euch schwerfällt, es ist an der Zeit, euch damit abzufinden, dass ihr Vidal an ihrer Seite tolerieren müsst, ich sage nicht, dass es euch gefallen muss, doch ihr müsst es akzeptieren.«

Santos lacht leise auf. »Niemals!« Lilly schüttelt den Kopf und legt ihre Hand auf seine. Ihr ist bewusst, dass das alles noch ein harter Kampf für Belinda und Vidal werden wird, doch sie werden ihn am Ende gewinnen, weil die Brüder und ihr Vater Belinda lieben und nur das Beste für sie wollen. Und wenn Belinda denkt, dass Vidal das ist, müssen sie das akzeptieren und das werden sie auch … es braucht nur viel Zeit und Geduld.

Alena spürt, wie die Enttäuschung ihr den Rücken hochfährt.

»Es tut mir leid. Ich hatte wirklich gedacht, ich hätte mich schon besser im Griff, dass das nicht so schwer für mich werden würde.« Sie sieht den Therapeuten entschuldigend an. Sie hat gerade die Sitzung unterbrochen, weil sie es nicht mehr ausgehalten hat.

In den letzten Tagen hatte Alena wirklich das Gefühl, Fortschritte zu machen, doch gerade wurde sie eines Besseren belehrt. Sie sollte ihre Augen schließen und er ist durch den Raum gelaufen und hat auf einer kleinen Trommel immer wieder dumpfe Geräusche geschlagen.

Die ersten zwei hat sie ausgehalten, sie weiß, wo sie ist und hat versucht, ruhig zu atmen, doch dann war sie so schnell wieder im Affengehege, diese Geräusche, die Dunkelheit, wenn Benjamin dieses Spiel gespielt hat, sie wusste nie, von wo er kam, es war schrecklich und Alena hat das alles panisch abgebrochen.

»Das ist ganz normal und wichtig! Das zeigt uns deutlich, dass du noch viel zu tief dort bist, an diesem Ort. Du hast das noch nicht losgelassen, du fühlst dich noch nicht sicher, du bist noch immer auf der Hut, auch wenn du es mittlerweile vielleicht besser verstecken kannst.

Du musst verstehen, dass all das, was passiert ist, seine Zeit dauern wird, bis du es wirklich verarbeitet hast, bis du die Augen schließen kannst und genau weißt, du bist im Hier und Jetzt und niemand tut dir etwas. Das was war, ist Vergangenheit und kann dich jetzt nicht mehr verletzen.«

Alena setzt an, etwas zu sagen, doch da klopft es an der Tür. Eine der Empfangsdamen tritt ein. »Alena, da ist jemand, der zu dir möchte. Ich hatte das Gefühl, dass das nicht warten sollte.«

Verwundert sehen ihr Therapeut und Alena zur Tür, in der Elian erscheint. Sobald sie in die doch schon sehr vertrauten braunen Augen sieht, kribbelt es in ihrem Bauch. Es ist merkwürdig. Alena spürt kaum noch etwas, selten, fast als wäre ihr Körper abgestorben, doch jedes Mal, wenn sie Elian sieht, kribbelt ihr Bauch und sie hat das starke Bedürfnis, wieder seine Nähe zu spüren.

Sie haben sich, nachdem sie sein Haus verlassen hat, nicht mehr gesehen und so nah wie sie sich gekommen sind, wissen beide, dass es gut so ist. Doch als sie sich vor einigen Tagen zufällig auf dem Parkplatz des Einkaufszentrums gesehen haben, wo alle um sie herum waren und sie keine Chance hatten, miteinander zu sprechen, war das Gefühl auch schon da.

Alena hat Elian angesehen und er sie, beiden ist klar, dass sie nicht einmal richtig miteinander sprechen dürfen, und doch ist er der Einzige, der sie zum Fühlen bringt, auch wenn Alena noch nicht einschätzen kann, was diese Gefühle zu bedeuten haben.

»Elian, was …?« Alena steht auf, als Elian eintritt, er trägt eine hellblaue verwaschene Jeans und ein weißes Shirt, in seinem Arm hält er einen kleinen beigen Welpen. »Was?« Sie versteht gar nichts mehr. Elian lässt den Welpen herunter und er kommt zu Alena gerannt und begrüßt sie, als würde er sie sein Leben lang kennen.

»Das ist ein Therapiehund. Ich dachte mir, dass er dir sicherlich helfen wird. Er ist seit seiner Geburt darauf trainiert, dir zu helfen und dich sicherer fühlen zu lassen.« Der Therapeut von Alena tritt hinter Alena näher und der Hund beginnt zu winseln. »Er zeigt dir an, dass sich jemand nähert, du musst ihn streicheln, um ihm zu zeigen, dass das okay ist.«

Alena sieht einfach nur verblüfft zu Elian, sie ist sprachlos und versteht nicht so recht, was er da sagt, doch sie beugt sich zu dem Hund und streichelt ihn, was den Hund sofort verstummen lässt.

»Das ist fantastisch, genau das wird dir helfen, Alena.« Der Therapeut nimmt den Hund auf den Arm, doch der scheint zu Alena zu wollen. »Ist er schon auf sie dressiert?«

Elian nickt und sieht Alena etwas unsicher an. »Ich habe dem Trainer, wo er aufgezogen und ausgebildet wurde, zwei T-Shirts von Alena geschickt, damit er sich an ihren Geruch gewöhnt. Er ist schon völlig auf sie fixiert. Ich hatte in dem Krankenhaus damals in einem Flyer, der dort auf den Tischen herumlag, darüber gelesen und dachte, das ist eine gute Idee.«

Der Hund möchte unbedingt zu Alena und sie nimmt ihn dem Therapeuten ab. »Ich weiß gar nicht, was ich sagen soll. Wie heißt der Hund und was kann er?«

Er ist auf jeden Fall zuckersüß, er hat helles, fast goldenes Fell und einen kleinen weißen Punkt neben seiner dunklen Nase und er freut sich wahnsinnig, bei Alena zu sein, er schleckt ihr über das Gesicht und Alena muss lachen.

»Du kannst ihn nennen wie du möchtest, es ist dein Hund. Die beim Training haben ihn Anibal genannt und ich hatte ihn jetzt zwei Tage bei mir und habe ihn auch so gerufen, aber er ist erst sechs Monate alt, er könnte sich noch an einen anderen Namen gewöhnen.

Er ist darauf dressiert, dass er immer in deiner Nähe bleibt, wenn du ihn mitnimmst. Egal wer sich dir nähert, er winselt, um dich zu warnen. Sobald du ihn streichelst, zeigst du ihm, dass es okay ist und du die Person bemerkt hast und die Person kommen kann. Wenn du nicht reagierst, würde er anfangen zu bellen, wenn er dann spürt, dass du Angst hast, würde er zu knurren beginnen und auch angreifen.

Das wird aber nicht nötig sein, er ist hauptsächlich dafür da, dass du dich nicht immer ständig umsehen musst oder ähnliches. Du gewöhnst dich daran, dich auf den Hund zu verlassen und zu vertrauen, dass er dich warnt.

Er spürt auch, wenn Gefahr lauert, wenn es dir nicht gut geht, der Hund könnte wie ein Teil von dir werden. Also natürlich nur, wenn du das möchtest. Das Trainingszentrum für diese Hunde ist hier in der Nähe und er müsste da noch einige Male hin.«

Alena sieht Elian in die Augen, sie kann es nicht glauben. Sie drückt Anibal an sich. »Natürlich behalte ich ihn, ich weiß gar nicht, was ich sagen soll.« Elian nickt, er macht solch süße Sachen und doch wirkt es noch so distanziert.

»Ich bin mir sicher, dass du bei dir zuhause sagen kannst, du hast ihn von diesem Zentrum hier bekommen.« Elian sieht zum Therapeuten, der nickt und Anibal streichelt.

»Natürlich, ich kenne ja die Geschichte. Sie sind sicherlich Elian, ich verstehe das und Alena kann sagen, dass der Hund von uns ist. Anibal ist ein schöner Name, es gab einmal einen großen Krieger, der so hieß, er soll sich immer für die Schwachen eingesetzt haben, irgendwie passend, oder? Ich gehe mal eben einige Sachen für die nächste Stunde holen.«

Der ältere Mann verlässt den Raum und Alena geht näher zu Elian. Sie lässt ihn nicht aus den Augen. Wieso macht er das alles, wieso spürt sie all das, was sich gerade in ihren Bauch tut? Sie möchte antworten, doch ist sich gleichzeitig sicher, dass er selbst es nicht weiß.

»Wieso tust du all das für mich?« Sie fragt ihn direkt und auch er sieht ihr die Augen. Als er seine Hand hebt und mit seinen Fingern über ihre Wange streicht, schließt sie die Augen für diesen winzigen Augenblick. »Ich weiß es nicht!«

Und das ist ehrlich. In dem Moment begreifen sie beide, dass da mehr ist, auch wenn es nicht sein sollte.

Sie hören die Schritte des Therapeuten. »Ich muss los, pass gut auf euch beide auf.« Er streicht noch einmal über Anibals Fell und will sich abwenden, doch Alena hält ihn an seiner Hand zurück.

»Ich habe jeden Mittag eine Stunde Pause von 12-13 Uhr und ich bleibe hier im Zentrum. Kommst du vorbei?«

Sie weiß, dass sie ihn nicht darum bitten sollte, sie muss vernünftig sein. Elian sieht ihr in die Augen, er zögert, doch dann nickt er und geht.

April überreicht der Frau die sechste Jeans in der Größe 38, auch die wird ihr nicht passen, sie braucht eine Nummer größer, doch sie möchte das nicht hören und probiert sich weiter stur durch alle 38er Größen in Aprils Laden durch. Als ihr Handy klingelt, entschuldigt sie sich höflich und ist froh, an den Tresen zurück zu können.

»Hallo?«

»Hi, wie geht es dir?«

»Alejandro?«

»Natürlich Alejandro, wer sonst? Bekommst du so viele Anrufe von Männern, dass du meine Stimme schon nicht mehr erkennst?«

April hat sie erkannt, sie hat innerhalb weniger Sekunden eine Gänsehaut auf ihren Armen bekommen und ihr Herz hat zu rasen begonnen, doch das wird sie ihm nicht zeigen oder sagen.

»Was willst du, Alejandro? Du bist doch nicht schon wieder betrunken?« Ein leises Auflachen.

»Nein, ich bin absolut nüchtern. Ich wollte nur fragen, wie es dir geht, darf ich das nicht mehr?«

Das darf doch einfach nicht wahr sein, April hat in den ersten Tagen nach ihrer Rückkehr kaum schlafen können. Ihr ging es verdammt schlecht und sie hat sich selbst gehasst, dass sie es nicht verhindern konnte, sich in Alejandro zu verlieben. Nun, wo sie so langsam besser damit umgehen kann und nicht mehr ständig daran zurückdenkt, meldet er sich wieder.

Sie kennt diese Theorie, dass Frauen zuerst leiden und die Männer später, doch leidend hört sich Alejandro nun auch nicht an, eher ein wenig provozierend, als wüsste er genau, was er mit seinen Anrufen wieder bewirkt.

Die Frau steht plötzlich am Tresen und legt mit verschwitztem Gesicht alle Hosen vor sie hin. »Bitte, doch noch einmal die Hosen in 40. Ich denke, die Größen in ihrem Laden fallen sehr klein aus.« April lächelt sie an, sie hat wahrscheinlich keine Ahnung davon, wie sehr sie sie damit vor einem unangenehmen Telefonat bewahrt hat.

»Alejandro, ich habe Kundschaft, ich bin mir sicher, dass es dir ausgezeichnet geht mit deiner Entscheidung, du warst dir ja so sicher und mir geht es damit jetzt auch gut. Ich zwinge mich niemandem auf, wenn du nicht willst und dir andere Sachen wichtiger sind, dann ist es besser so, dass du es gestoppt hast, bevor es noch mehr an Bedeutung bekommen hat. Machs gut!«

Sie legt auf und die Frau vor ihr zieht anerkennend ihre Augenbrauen hoch. »Dem haben sie es aber gegeben!« April weiß nicht, ob sie das wirklich getan hat.

Sie geht nicht noch einmal zurück zum Tresen und zu ihrem Handy, bis sie am Abend den Laden erschöpft schließt, natürlich hat sie durch den Anruf den restlichen Tag an nichts anderes denken können.

Es tut weh, wenn sie an all die Zärtlichkeiten denkt, die Alejandro und sie ausgetauscht haben. Sie hat gespürt, wie es sich geändert hat, wie sich die Gefühle verstärkt haben, wie er sie am Anfang geliebt hat und zum Schluss, wie April in jeder seiner Berührungen die Sehnsucht gespürt hat. Gemerkt hat, dass er sie immer öfter von alleine in die Arme genommen hat, sie häufiger an sich gezogen und einfach nur mit ihr gekuschelt hat.

Wie die ersten Abende kamen, als sie zusammen Filme gesehen und sich sogar schon die ersten Male mit reinem Blickkontakt vor anderen verständigt haben. Sie hat gespürt, wie diese Liebe langsam aufgeblüht ist.

Natürlich hatten sie nicht so viel Zeit, doch April ist sich trotzdem sicher, dass sie noch nie so viel für einen Mann empfunden hat wie für Alejandro und sie denkt, dass es ihm auch so geht, doch wie konnte er sich dann so entscheiden?

Sie nimmt ihr Handy und findet darin eine neue Nachricht von Alejandro.

'Du weißt, dass ich dich liebe, diese Entscheidung hatte nichts mit Gefühlen zu tun, sondern mit Vernunft. Es geht einfach nicht, selbst wenn ich es wollen würde.'

April sollte es lassen, es hat keinen Sinn, doch sie kann nicht anders. Sie hat es auch nicht geschafft, ihre Handynummer zu wechseln.

'Wenn man wirklich liebt, geht alles, sieh dir Vidal und Belinda an!'

Sie legt ihr Handy in die Tasche und packt alles zusammen, schaltet das Licht aus und verlässt den Laden. Sie hat dazu nichts weiter zu sagen und auch er wird dazu nichts sagen können. Er weiß, dass sie recht hat.

Kapitel 14

Belinda schließt die Tür zum Badezimmer und sieht in die besorgten Augen ihres Vaters und von Alicia.

»Belinda, ich habe das Gefühl, das wird immer schlimmer. Hilft denn der Tee gar nicht mehr?« Belinda schüttelt den Kopf, als sie sich wieder zu ihnen an die Küchentheke setzt. Ihr Vater hat recht, es wird immer schlimmer.

Während der ersten Tage ging es ihr recht gut mit dem Tee. Nachdem sie Vidal am Hafen getroffen hat, sind sie zusammen in ein wunderschönes altes Hotel in San Juan gefahren, wo sie sich eine Suite genommen und zwei Tage zusammen verbracht haben. Sie haben beschlossen, mit den Familias zu sprechen, erst einmal wollen sie die Neuigkeiten sacken lassen, doch dann müssen sie sich alle überlegen, wie es weitergehen soll.

Sie wissen beide, dass es mehrere Baustellen gibt, die sie angehen müssen. Belindas Vater liebt Belinda über alles und möchte sie nicht verlieren, er akzeptiert die Babys und unterstützt sie, doch das bedeutet für ihn nicht, dass er Vidal in ihrer Nähe toleriert. Als Belinda ihn angerufen und ihm gesagt hat, dass sie mit Vidal für zwei Tage in einem Hotel ist, konnte er aber auch nichts sagen, natürlich nicht.

Belinda ist erwachsen, er kann sie zu nichts zwingen, doch er hat ständig angerufen und man hat gemerkt, wie sehr er es hasst, dass sie mit Vidal Zeit verbringt … dem Vater ihrer Kinder, er muss sich einfach daran gewöhnen.

Er hat doch auch wirklich genug bewiesen bekommen, dass er Vidal Belinda anvertrauen kann.

Dann sind da ihre Brüder. Im Grunde ist es egal, was ihr Vater denkt, sie sehen alles noch einmal anders. Alejandro kommt am ehesten mit Vidal klar, wenn auch nicht sehr gut, aber immerhin hat er mittlerweile bei seinem Anblick nicht mehr sofortige Mordgedanken, wie es Santos und vor allem Ponce haben. Die Familia ist nicht so das Problem, weil sie darauf hören, was ihr Vater und die Brüder ihnen sagen, also wird es an ihnen liegen.

Bei Vidal sieht es anders aus, da muss er niemanden weiter überzeugen, alle kennen Belinda und mögen sie. Dort müssen sie nur Vidals Eltern überzeugen, doch das wird wahrscheinlich das Schwierigste überhaupt werden.

Sie wollen nichts von Belinda und den Babys wissen. Für sie ist Belinda nur die Feindin, deretwegen sie fast ihren Sohn verloren haben und die nun auch noch die Frechheit besitzt, ihn mit den Babys an sich binden zu wollen.

Vielleicht müssen bei Belinda mehr Menschen überzeugt werden, härter wird es aber bei Vidal, das weiß er auch. Sie haben aber auch nicht besonders viel darüber gesprochen. Sie haben sich ausgeruht, die Zeit miteinander genossen, Vidal hat Belinda tellerweise Pommes bestellt und viele Früchte, ständig. Er ist wirklich süß, auch wenn er ehrlich zugegeben hat, sich noch nicht vorstellen zu können, dass Belinda Babys im Bauch hat.

Trotzdem war er noch vorsichtiger mit ihr, als er es eh schon immer ist. Vidal hat Belinda immer behandelt wie seinen größten Schatz, nun muss sie ihn manchmal daran erinnern, dass sie kein rohes Ei ist.

Sie haben sich eine ganze Serie angesehen und das Bett kaum verlassen. Belinda hat viel geschlafen und es ging ihr gut in den zwei Tagen, doch einen Tag, nachdem sie wieder zuhause war, hat die Übelkeit langsam wieder angefangen, trotz Tee, und sie hat das Gefühl, es wird schlimmer und schlimmer.

Vidal schreibt ihr und fragt, ob sie sich noch treffen. Es ist eine Woche her, dass sie zusammen im Hotel waren, Vidal hatte einiges zu tun, die Gespräche mit den Familien haben sie auf später verschoben, wenn die ersten drei Monate um sind und alle sich langsam an den Gedanken gewöhnt haben.

Sie wollten gestern essen gehen, doch Belinda ging es zu schlecht. Vidal macht sich Sorgen und möchte sie sehen, doch gerade ist sie dazu nicht in der Lage. Sie übergibt sich bei allem, was sie zu sich nimmt. Vorhin hat Santos ihr Pommes gebracht und Belinda hat sich vom bloßen Geruch fünf Minuten lang übergeben.

»Es gibt am äußeren Rand, ganz nah am Puentes-Gebiet, dort wo diese Brücke ist, eine Frauenklinik. Sie ist die beste, wir alle haben unsere Kinder dort bekommen. Du solltest dahin, Belinda, die wissen, wie sie dir helfen können.« Alicia streicht ihr besorgt über die Haare.

Ihr Vater stellt ihr ein Glas Wasser hin, doch Belinda schiebt es von sich, sie hat keine Kraft mehr, sich weiter zu übergeben. »Ich habe übermorgen eh den nächsten Termin bei der Ärztin ...« Ihr Vater sieht sie besorgt an und schiebt ihr erneut das Wasser hin.

»Du musst trinken, Belinda.« Sie schüttelt den Kopf. »Ich kann nicht, es kommt sofort wieder raus.« Ihr Vater legt ihr die Hand auf die Stirn. »Du kannst nicht einmal mehr Wasser bei dir behalten?« Sie schüttelt den Kopf und Alicia seufzt besorgt auf. Ihr Vater greift nach seinem Autoschlüssel.

»Wir warten keine zwei Tage, wir fahren in die Klinik!«

Belinda trägt nur eine kurze schwarze Shorts und ein weites schwarzes Shirt. Sie hat ihre Haare zu einem unordentlichen Knoten nach oben gebunden und ist ungeschminkt.

Sie weiß, dass es vernünftiger so ist, deswegen setzt sie sich neben ihren Vater ins Auto, auch wenn sie eigentlich einfach nur schlafen möchte. Alicia kocht gerade eine Suppe und sagt, sie sollen Bescheid geben, sobald sie Hilfe brauchen.

Belinda schreibt Vidal, dass es ihr noch nicht besser geht und ihr Vater sie in die Frauenklinik am Puentes-Gebiet bringt, dann legt sie ihr Handy weg und atmet tief ein. Ihr wird wieder übel und sie hofft wirklich, dass ihr die Leute dort helfen können.

Da Belinda Krankenhäuser eh nicht mag, breitet sich sofort nach dem Betreten des Gebäudes ein ungutes Bauchgefühl aus. Sie gehen zum Empfang und ihr Vater erklärt das Problem, was er wahrscheinlich nicht einmal müsste, die Schwester sieht ihn nur an und steht sofort auf, um eine andere Schwester zu rufen, die Belinda und ihn zu einem Untersuchungsraum bringt.

Sie sagt ihnen, dass der Chefarzt gerufen wird. Solange wird Belinda Blut abgenommen, sie gibt ihren Mutterpass ab und legt sich auf die Liege, direkt neben einem Ultraschallgerät.

Ihr Vater setzt sich auf einen Stuhl neben sie und schreibt ihren Brüdern, wo sie sind, in dem Moment geht die Tür auf und Vidal tritt ein. Er hat ihr gar nicht geantwortet und sie hat nicht damit gerechnet, dass er kommen würde. Ihr Vater sieht ihm genervt entgegen und Belinda sieht ihn wiederum bittend an. Keinen Streit, nicht jetzt.

Sie sieht, dass Vidal ihrem Vater nur leicht zunickt, sich auf die andere Seite der Liege begibt und sich neben sie stellt. Er gibt Belinda einen Kuss und streicht über ihre Stirn. »Ist es wieder so schlimm geworden? Du siehst aus, als hättest du tagelang nicht geschlafen.«

Man sieht und hört Vidal an, dass er sich Sorgen macht. Sie kommt nicht zum Antworten, denn in diesem Moment tritt ein älterer Arzt ein und begrüßt sie alle, wobei er sehr verwundert zwischen Vidal und ihrem Vater hin und her sieht.

Jeder hier kennt die Familias und deren Krieg und nun zwei der Anführer hier zusammen vorzufinden, ist sicher nichts, womit er gerechnet hat, doch er räuspert sich und sieht zu Belinda, die ihm erklärt, wie es ihr die letzten Tage, eigentlich die ganze letzte Zeit erging.

Er nickt und sieht sich Belinda genauer an, misst ihre Temperatur und erklärt, dass diese Übelkeit bei vielen Frauen vorkommt. »Es gibt auch die schlimmere Form davon, Sie scheinen diese zu haben. Manche Frauen können deshalb die ersten drei Monate nur im Bett bleiben, besonders bei Zwillingen passiert das oft. Wir haben einige Medikamente dagegen, die es etwas besser machen, aber ganz helfen tun auch die nicht.

Sie sind sehr geschwächt und da Sie Zwillinge erwarten, würde ich Sie gerne etwas hierbehalten. Wir geben Ihnen Flüssigkeit und Infusionen, sodass Sie und die Babys mit allem versorgt sind, was Sie brauchen. Sie sind jetzt in der zehnten Woche, in zwei Wochen wird es Ihnen besser gehen und dann haben Sie auch die unsicherste Zeit überstanden und können diese Schwangerschaft hoffentlich genießen. Ich würde mir gerne die beiden noch einmal ansehen.«

Belinda nickt, das sind keine guten Nachrichten, sie wird wohl oder übel noch mit der Übelkeit leben müssen, doch die Aussicht, dass es in zwei Wochen vielleicht schon vorbei ist, lässt sie hoffen.

Er hebt ihr Shirt so hoch, dass es unter ihrem BH liegt. Belinda spürt den Blick von Vidal auf ihren Bauch. In der Woche, in der sie sich nicht gesehen haben, ist tatsächlich ein kleiner Minibauch entstanden. Er ist noch nicht groß, doch um ihren Bauchnabel herum hat sich eine leichte Erhebung gebildet, die auch Belinda noch nicht so richtig fassen kann, ständig streicht sie darüber.

»Da sind sie ja.« Alle sehen zum Bildschirm, wo man nun deutlich zwei Kammern oder Blasen sieht, in denen sich etwas bewegt. »Sie haben zweieiige Zwillinge, das bedeutet, es sind zwei Babys, die zur selben Zeit geboren werden, die aber eigenständig sind, nicht wie bei eineiigen, die auch dieselben Gene haben. Ihre werden sich sehr ähneln, aber sicherlich eher wie normale Geschwister. Also Sie haben quasi zur selben Zeit zwei Babys gezeugt statt nur eines.«

Belinda sieht zu Vidal, der ihren Blick bemerkt und kurz frech grinst und die Augenbrauen hebt. Offenbar hat er wirklich recht, dass wenn er etwas macht, es richtig macht. Doch Vidal sieht schnell wieder zum Bildschirm, es ist das erste Mal, dass er die Babys sieht, ihr Vater und sie haben sie schon gesehen.

»Es sieht alles gut aus, es geht den Babys gut, jetzt müssen wir nur noch dafür sorgen, dass Sie sich besser fühlen. Die Schwester bringt Sie zu Ihrem Zimmer und ich komme gleich und bereite alles für die Infusionen vor.«

Eine der Schwestern wischt ihr den Bauch ab, eine weitere kommt in den Raum, sie ist eine Nonne. Es ist normal, dass auch Nonnen im Krankenhaus arbeiten hier in Puerto Rico und Belinda ist das sogar lieber, sie werden nicht für ihre Arbeit bezahlt und machen das alles, weil sie es möchten und mit oftmals viel mehr Liebe als normale Angestellte.

Sie bringt sie in das oberste Stockwerk zu einem Krankenzimmer, dass eher einer Suite ähnelt. Sie hat ein großes Doppelbett, ein luxuriöses Bad, einen Schreibtisch, eine richtige Sitzecke, einen Laptop, den sie offenbar nutzen kann, Fernseher, eine Terrasse, und auch ein Babybett, Wickelkommode und alles andere steht hier. Hier wird sie wahrscheinlich auch nach der Geburt liegen.

»Ich lasse gleich zwei Männer kommen, die die Tür bewachen und Alicia bringt dir eine Tasche mit deinen Sachen.« Ihr Vater sieht sich zufrieden um, während die Schwester ihr hilft, sich in das riesige Bett zu legen. »Ich denke, ich werde eher meine Männer herholen, da ich bei Belinda bleiben werde.«

Vidal legt sein Handy und seine Waffe auf einen der Nachttische und sieht zu ihrem Vater, der schon seinen Mund öffnet, um etwas zu sagen, doch Belinda hat dafür jetzt keine Kraft mehr.

»Papa, Vidal, bitte. Mir geht es wirklich nicht gut und ich habe dafür keine Kraft. Ich weiß, dass das für euch beide keine leichte Situation ist und ich respektiere das auch, doch ihr wisst auch, dass das gar nicht nötig ist. Papa, du weißt, dass Vidal auf mich aufpasst und mich liebt, genau wie ich ihn liebe, auch wenn dir das nicht gefällt. Es sind seine Babys und es ist doch normal, dass er bei mir sein möchte.

Selbst Elian war damals bei Alena im Krankenhaus, als es ihr so schlecht ging und es hat geholfen. Und Vidal, du musst auch verstehen, dass es normal ist, wenn mein Vater sich Sorgen macht. Ich denke, er würde das bei jedem Mann machen, dass du ein Puentes bist, macht es nicht leichter.

Wir alle werden nicht drumherum kommen, eine Lösung für diese Situation zu finden, mit allen Beteiligten, doch genau von euch beiden, die mich vielleicht von allen am allermeisten lieben, wünsche ich mir jetzt gerade einfach nur eure Hilfe und dass ihr euch von mir aus einfach ignoriert. Ich erwarte nicht, dass ihr die besten Freunde werdet, doch macht all das nicht noch schwerer als es eh schon ist, bitte.«

Beide Männer haben eingehalten, auch die Schwester hat in ihrer Bewegung gestoppt und erst jetzt, als Belinda sich komplett hinlegt, hilft sie ihr weiter. Vidal nickt. »Du hast recht, ich denke, es ist okay, wenn ein Mann der Sombras und ein Mann der Puentes die Tür bewachen, das wird ausnahmsweise mal gehen.« Auch ihr Vater nickt und setzt sich zu Belinda ans Bett.

Er sieht ihr in die Augen und nimmt ihre Hand in seine. »Es wird dir jetzt bald besser gehen, Belinda, versuch dich zu entspannen und auszuruhen.« Belinda schließt wirklich einen Moment die Augen, sie hofft so sehr, dass diese Übelkeit bald vorbei ist.

»Ich denke, dass die Stühle dann doch die bessere Wahl sind.« Emilia sieht noch einmal auf die bunten Stühle, die sie alle in eine Reihe gestellt haben und nickt. So langsam ist sie müde, heute wurden Stühle für das Zentrum geliefert, doch sie haben gemerkt, dass diese Stühle zu instabil sind und eine grauenhafte Qualität haben.

Die Lieferanten waren dann so nett und haben ihnen gleich neue geliefert, eine andere Marke, aber auch von ihrem Möbelgeschäft. Zusammen mit den drei Männern haben sie einige der Stühle nun aufgebaut und diese sind wirklich viel besser. »Die können wir behalten, ich finde sie wegen der bunten Farben eh passender.«

Auch Alina sieht zufrieden aus. Die Lieferanten stehen genauso geschafft wie sie da. Sie sind sehr nett und haben viel Geduld mit ihnen bewiesen. Emilia hat natürlich bemerkt, dass einer von ihnen immer wieder zu Alina sieht und ihre Nähe sucht, was nicht verwunderlich ist. Alina ist wunderschön, sie trägt heute ein Bandeutop und kurze Shorts, hat ihre Haare zur Seite geflochten und hat nun ein zufriedenes und dankbares Lächeln im Gesicht.

»Hier die Straße weiter rauf ist ein kleines indisches Restaurant, wir müssen uns erst einmal stärken vor unserem nächsten Auftrag. Habt ihr Lust mitzukommen?« Auch Emilia und Alina haben noch nichts gegessen und es ist schon später Nachmittag. Doch sie kennen die Männer kaum und sollten …

»Wieso nicht, ich komme um vor Hunger, was denkst du, Emilia?« Nun sehen alle zu ihr, die Männer haben in den letzten Stunden kaum Notiz von ihr genommen und ihr ist die plötzliche Aufmerksamkeit unangenehm. »Ähmm, ich weiß nicht, vielleicht sollten wir einfach etwas bestellen.« Der Mann, der es offensichtlich auf Alina abgesehen hat, lacht auf. »Ob wir es hier essen oder dort, ist doch egal. Es ist nur ein Essen.«

Ja natürlich, er hat recht, Emilia sollte sich nicht immer so anstellen. »Okay, dann essen wir dort.« Sie schließen das Center ab, weder Alina noch sie werden heute noch weiterarbeiten. Zusammen laufen sie zu dem Laden.

Die Arbeiter erzählen von einem kuriosen Einsatz am Vortag, als sie Möbel an ein abgelegenes Haus liefern mussten. Die Besitzer haben nur per Sprechanlage mit ihnen kommuniziert und sich nicht einmal gezeigt. Die Männer fanden das so gruselig, dass sie sich schnell wieder davongemacht haben.

Emilia und Alina können über solche Geschichten nur müde lächeln, das was sie erlebt haben, ist wirklicher Horror. Sobald sie sitzen und bestellt haben, fragen die Männer sie beide aus, ob sie zur Familia gehören, da ja das Center von der Familia ist. Alicia übernimmt das Reden und Emilia ist dankbar dafür.

Sie erklärt, dass sie beide nicht dazugehören, aber im Center mithelfen, es aufzubauen. Zwei der Männer erzählen, dass sie vor einigen Jahren unbedingt zur Familia wollten, doch sie haben es nicht geschafft. Emilia war gar nicht klar, dass es richtige Aufnahmegespräche und Prüfungen gibt. Was sie so erzählen, hört sich sehr durchdacht an und als sie berichten, dass bei ihnen die Prüfung einer aus der engsten Familie mit grünen Augen gemacht hat und wie streng er war, muss Emilia lächeln und sofort an Roman denken.

Sie sind nicht mehr zusammen Auto gefahren. Emilia hat mit Petro geübt und ist sogar alleine nach San Juan gefahren, Petro in einem anderen Auto hinter ihr.

So konnte sie nun schon ein paarmal alleine zur Kirche gehen. Roman hat sie noch zweimal gesehen, einmal hat er sie angerufen, als sie in San Juan war und sie sind essen gegangen und ein anderes Mal war er dabei, als ein Großteil der Möbel in das Haus von Petro und ihr gebracht wurden.

Er ist sehr lieb zu ihr, doch während er es einfach nur gut meint, beginnt es bei ihr im Magen verdächtig zu kribbeln, wenn sie an Roman denkt. Sie weiß, dass sie sich deswegen davon ein wenig zurückziehen muss. Sie denkt noch immer darüber nach, ins Kloster zu gehen, und genau für einen Mann wie Roman Gefühle zu entwickeln, wäre sehr gewagt, Roman ist ein wirklicher Bad Boy, wie sie in ihren Büchern beschrieben werden. Sie mag ihn, doch dabei sollte sie es auch belassen.

Sie essen und Emilia hält sich zurück, während vor allem Alina und der Mann, der schon die ganze Zeit Interesse gezeigt hat, sich unterhalten. Als sie fertig sind, stellen sich die drei Männer und Alina an einen Kicker und spielen eine Runde. Emilia bleibt sitzen und beobachtet sie, es macht ihr nichts aus, etwas abseits zu sein, im Gegenteil.

Es wird immer später, die Arbeiter hatten eigentlich gesagt, sie wollten noch arbeiten, aber das ist nun anscheinend nicht mehr so.

Sie trinken Bier und spielen Kicker, als das zu Ende ist, wollen sie noch eine Runde Dart spielen. Alina lacht und hat Spaß, auch wenn Emilia trotzdem merkt, dass sie den Annäherungsversuchen des Mannes geschickt ausweicht.

Der jüngste der Männer setzt sich zu ihr statt mitzuspielen, er riecht nach Alkohol und bietet Emilia ein Schluck an. »Was soll deine Aufmachung eigentlich? Bist du eine Nonne?« Emilia schüttelt den Kopf. »Nein, ich denke aber daran, eine zu werden.« Der Mann lacht auf. »Nicht im Ernst? Wie kannst du freiwillig auf das Leben verzichten? Also musst du deine Haare gar nicht bedecken?« Schneller als Emilia reagieren kann, zieht der Mann ihr das Kopftuch vom Kopf.

Ihr Herz rast und sie ist stocksteif, so etwas ist ihr noch nie passiert und sie fühlt sich auf einmal so nackt. Der Mann ist gleichzeitig aufgesprungen und hält das Kopftuch weg, als er jetzt aber auf Emilia sieht, stockt er und flucht. »Verdammt, ich habe mit allem gerechnet, aber nicht damit. Wieso zur Hölle trägst du dieses Tuch, du …?«

Der Mann wird unsanft zur Seite gestoßen. »Bist du total bescheuert, du verdammtes Arschloch?« Alina reißt ihm das Tuch aus den Händen und gibt es Emilia, die sich noch immer nicht bewegen kann. Sie nimmt ihre Hand, knallt Geld auf den Tisch und zieht sie aus dem Laden. »Lass uns verschwinden!«

Sie gehen schnell aus dem Laden, der Mann, der Interesse an Alina gezeigt hat, kommt ihnen hinterher. »Hey, das tut mir leid. Mein Kollege ist betrunken und …« Er möchte Alina an ihrem Arm zurückhalten, sie zuckt zusammen bei seiner Berührung. »Schon gut, doch wir gehen jetzt besser.« Ohne ihn weiter zu beachten, laufen sie die Straße zur Cuidad.

Alina bleibt stehen und hilft ihr, das Tuch wieder anzulegen und so langsam kann Emilia auch wieder reagieren. »Danke, ich war im ersten Moment so schockiert, mir ist das noch nie passiert, also ich meine …« Alina bindet es zu. »Das ist doch klar, er hatte kein

Recht dazu.« Sie lächelt. Emilia muss an die Reaktion des Mannes denken, als er ihre Haare gesehen hat, sie kennt das. Wenn die Frauen das erste Mal sehen, wie Emilia das Kopftuch ablegt, reagieren sie alle so.

»Es war auch ein Fehler, so lange mit diesen fremden Männern dort zu bleiben. Es tut mir leid, ich bin im Moment einfach ein wenig am Herumexperimentieren, wie weit ich noch die Nähe von Männern ertragen kann. Doch ich merke, dass es mir noch sehr schwerfällt. Ich kann mit ihnen sprechen und lachen, doch sobald sie mich berühren, ist es vorbei.«

Sie laufen an den Wachmännern vorbei, die ihnen zunicken. »Ich weiß, was du meinst, ich verstehe dich da vollkommen. Ich teste auch gerade aus, ob ich überhaupt in der Lage bin, ein normales Leben zu führen, oder ob es doch besser ist für mich, ins Kloster zu gehen.«

Alina hält vor der Straße an, in der sie wohnt. »Es ist nicht leicht, sein Leben wieder in den Griff zu bekommen, nach allem was war.« Emilia lächelt. »Das stimmt, ich denke, all das mit Benjamin hat uns allen doch mehr zugesetzt, als wir es vielleicht wahrhaben wollen.«

Alina atmet tief ein. »Hast du noch Lust, etwas zu trinken?« Es ist bereits dunkel und Emilia möchte nur noch ins Bett. »Eigentlich gerne, aber ich bin zu müde, doch ich könnte morgen zum Frühstück vorbeikommen, bevor wir ins Center gehen.« Alina hebt noch einmal die Hand. »Gerne, bis morgen.«

Emilia läuft hoch bis zu Alicias Haus, obwohl sie überlegt, schon im neuen Haus zu schlafen, doch es fehlt noch das ganze Bettzeug und jetzt irgendetwas hin und her zu schleppen, darauf hat sie keine Lust.

Also geht sie zu Alicias Haus. Als sie eintreten will, läuft Roman fast in sie hinein. Sofort fahren seine grüne Augen ihr Gesicht ab, bis er ihr in die Augen sieht. »Ist alles in Ordnung?« Sie nickt. »Ja, es war ein langer Tag.« Er deutet zu seinem Auto, was vor der

Einfahrt steht. »Ich treffe Petro und einige andere am Hafen, komm doch mit, wir gehen etwas trinken.«

In ihrem Bauch kribbelt es wieder, weil Roman noch einmal einen Schritt näher auf sie zukommt, sein Blick ist so intensiv, dass sie den Kontakt unterbricht und noch einmal ihr Tuch fester zieht. »Danke, aber ich gehe schlafen, viel ...«

Roman schüttelt leicht den Kopf. Seine Hand geht an den Knoten des Tuches, er streicht dabei über ihre Wange. »Manchmal habe ich das Gefühl, du benutzt dieses Tuch als Schutzschild, um dich nicht auf das richtige Leben und alles was dazu gehört einlassen zu müssen. Du hast so sehr Angst vor dem, was auf dich zukommt, dass du dabei auch die guten Seiten verpassen wirst.«

Ohne Emilia noch etwas sagen zu lassen, dreht er sich um und geht zu seinem Auto. Emilia schließt die Tür und schließt einen Moment die Augen. Sie hat genug für heute.

Kapitel 15

»Bist du bereit?«

Camilla atmet tief ein und sieht in den Spiegel.

»Ich war noch nie so bereit wie dafür!«

Es ist verrückt, sie kann sich noch daran erinnern, wie sie jedes Mal, wenn sie im Casitas gearbeitet hat und Dante mit seinen Cousins gekommen ist, die Augen verdreht hat. Sie konnte nur müde über seine Annäherungsversuche lächeln und doch … dann … irgendwie ist es passiert, dass sie es komisch fand, wenn er längere Zeit nicht kam, sie wurde sogar richtig wütend. Und als sie sich dann einmal auf ein privates Treffen eingelassen hat, nachdem Belinda sie dazu überredet hat, war es schon zu spät, sie konnte es nicht mehr verhindern, sich in Dante zu verlieben und heute ist sie dankbar dafür.

Belinda, sie hat viel mit der Beziehung zwischen Dante und ihr zu tun, auch wenn sie jetzt viel getrennt sind wegen der Familias, ist sie für Camilla zu einem der wichtigsten Menschen hier geworden und sie beide sind sehr traurig, dass sie heute nicht dabei sein kann.

Sie liegt seit zwei Tagen im Krankenhaus und die erste Zeit ging es ihr wirklich besser, sie hatten sogar schon mit dem Arzt besprochen, dass sie heute für ein paar Stunden das Krankenhaus verlassen kann, doch gestern Nachmittag war Camilla dabei, als es anfing, wieder schlechter zu werden.

Ihre Freundin tut ihr leid, sie ist schwanger und kann es nicht genießen. Als sie gerade telefoniert haben, hat sich Belinda sehr schlecht angehört. Camilla hat ihr versprochen, ihr Fotos zu schicken. Sie sieht an sich herunter, das weiße Kleid passt perfekt, sie hat es so lange umändern lassen, bis es das schönste Kleid von allen wurde. Ihre Mutter legt den Schleier richtig hin und weint in ihr Taschentuch, ihre Schwestern drehen sich aufgeregt in ihren

Kleidern, Delicia, Suela und Sofia sehen sie ehrfürchtig über den Spiegel an.

»Dante ist ein Glückspilz.« Sie kämpft mit den Tränen. »Nein, nein, nein, wehe, sonst müssen wir noch einmal von vorne anfangen.« Camilla lacht, sie hat darauf bestanden, nicht zu stark geschminkt zu werden, es ist Tradition, dass die Frauen hier oft heller geschminkt werden, doch sie mag das nicht. Ihre Haare sind kunstvoll nach oben gesteckt, es ist alles so geworden, wie Camilla es sich vorgestellt hat.

»Lasst uns noch ein Foto zusammen machen.« Suela stellt die Musik ab und sie stellen sich zusammen. Camilla schickt Belinda das Bild. Das ist eine Hochzeit, wie Camilla sie liebt, sie haben sich mit lauter fröhlicher Musik zurechtgemacht, tanzend schon jetzt diesen schönen Tag gefeiert und vergessen, was ihnen alles in den letzten Monaten widerfahren ist.

Als sie sich jetzt zusammenstellen und in Camillas Handy und die Kamera der Fotografin lachen, die alles heute festhält, weiß Camilla, dass noch lange nicht alle Wunden geheilt sind, doch sie sind zumindest in der Lage, es beiseite zu schieben und es für eine Weile zu vergessen.

»Ihr Verrückten, wir müssen los.« Die Mutter von Dante und die Mutter von Cuca kommen in das Hotelzimmer in der Nähe der Kirche, in der sie getraut werden. Camilla hat hier auch geschlafen, genau wie ihre Eltern. Camilla durfte zwar alles planen, doch Dante wollte, dass sie die letzten Tage entspannt und so wurden alle Vorbereitungen ohne sie getroffen.

Dantes Mutter ist nun schon öfter aus der Klinik raus gewesen und es fällt ihr nicht so schwer, wie sie es selbst immer geglaubt hat, besonders den Tag heute wollte sie sich nicht entgehen lassen. Nun strahlt sie Camilla an. »Dein Ehemann wartet.«

Zusammen verlassen sie das Hotel und steigen in die bereitgestellten und geschmückten Autos. Sie fahren nur drei Minuten zur Kirche und als sie davor halten, sieht man, dass schon alle in der

Kirche versammelt sind. Nun beginnt Camillas Herz doch zu rasen und sie wird das erste Mal nervös.

Alle steigen aus und kommen zu ihrem Auto. Sie helfen Camilla heraus und ihr Vater kommt, um sie in die Kirche zu führen. Nun ist es zu spät, Camilla verliert eine Träne, als sie ihren Vater in diesem schönen dunklen Anzug sieht, zurechtgemacht, man sieht ihm die harte Arbeit an, aber vor allem den Stolz in den Augen, als er sie anblickt.

Suela streicht ihre Träne weg. »Genieße die nächsten Stunden einfach, es werden die schönsten deines Lebens.«

Sie alle gehen langsam in die Kirche, ganz zum Schluss kommt erst Camilla, die sich bei ihrem Vater einhakt. »Ich bin so stolz auf dich.« Ihr Vater küsst ihre Stirn und Camilla wedelt sich lachend Luft zu, um nicht zu weinen.

Die Musik beginnt zu spielen und ihr Vater geht den ersten Schritt. Es ist so weit, Camilla wird den wichtigsten Schritt in ihrem Leben gehen.

Sie weiß, dass dieser Schritt so viel mehr als nur diese Hochzeit zu bedeuten hat, sie hat sich für Dante entschieden, für dieses Leben. Ihn als Vater ihrer Kinder gewählt, als den Menschen, neben dem sie alt werden wird.

Sie atmet tief ein. Die Kirche ist voll, jedes Mitglied der Puentes ist da, die Familia, ihre Familie, einige ihrer alten Freunde aus dem Dorf, sie alle lächeln sie an, Camilla lächelt zurück und sieht nach vorne. Vidal ist da, er hat es geschafft. Sie weiß, wie viel es Dante bedeutet, dass er da ist.

Sie hat miterlebt, wie er gelitten hat, als er dachte, sie hätten Vidal verloren. Vidal hat die letzten Tage an Belindas Seite im Krankenhaus verbracht, zumindest die meiste Zeit. Auch heute war er da, doch er hat es zur Hochzeit geschafft und sieht ihr neben Elian, Cuca, Benito und Aaron entgegen.

Sie alle sind seine Trauzeugen, sie sind der engere Kreis und durch nichts zu trennen und so war es selbstverständlich, dass sie dort vorne stehen. Ihre Schwestern sind ihre Trauzeugen, Belinda sollte auch dabei sein, doch leider hat es nicht geklappt, ihre Gesundheit und die der Zwillinge geht natürlich vor.

Dante dreht sich zu ihr um. Es gibt Momente, da sieht man einen Mann an und weiß, dass er der Richtige ist, Camilla hatte viele solcher Momente bei Dante, doch in diesem Augenblick besonders stark. Sie lächelt. Als er sie von oben bis unten betrachtet, erkennt Camilla den Stolz und die Liebe in seinen Augen und bemerkt, wie gut er in seinem Anzug aussieht.

Ihr Vater bleibt vor Dante stehen und nimmt Camillas Hand in seine. »Ich überreiche dir meinen wertvollsten Schatz, ich hoffe, dass du ihn gut beschützen und behandeln wirst.« Er übergibt Camillas Hand in die von Dante. »Ich schwöre, dass ich es tun werde.« Ihr Vater lächelt, als Dante Camillas Stirn küsst. Sie sehen sich in die Augen und Dante flüstert ihr zu, wie sehr er sie liebt, bevor sie sich zum Priester drehen und seinen erfahrenen Worten lauschen, was alles zu einer Ehe gehört.

Zu allen seinen Worten kann Camilla in Gedanken nur ja sagen, ja, das möchte sie, ja, das wird sie tun, ja, sie wird diese Ehe wie einen kostbaren Schatz pflegen.

»Ja, ich will!« Klar und deutlich, Dantes Antwort auf die Frage des Priesters, ob er Camilla heiraten möchte und sie hat auch gar nichts anderes erwartet.

Als er sie fragt, antwortet sie genauso sicher, weil sie es ist, und bevor der Priester die Worte 'Sie dürfen die Braut jetzt küssen' aussprechen kann, liegt sie schon in Dantes Armen und bekommt ihren ersten Kuss als seine Ehefrau, was von allen lachend in der Kirche begrüßt wird.

Vidal und die anderen Männer pfeifen und klatschen, Dante ist der erste von ihnen, der nun verheiratet ist.

Camilla und Dante nehmen Glückwünsche entgegen, dabei drückt er immer wieder ihre Hand, und als sie alle zusammen zur Cuidad fahren und feiern wollen, hält er sie noch zurück. »Danke.«

Camilla legt die Arme um seinen Hals und küsst seine Lippen. »Wofür?« Er sieht an ihr herunter. »Ich habe so viel Mist in meinem Leben gebaut, ich weiß nicht, womit ich dich verdient habe, aber ich bin unendlich dankbar dafür.« Camilla lächelt und küsst seine Lippen. »Ich liebe dich ... mein Ehemann.« Er küsst ihre Nasenspitze. »Und ich dich erst ... Ehefrau.« Vidal sieht noch einmal in die Kirche und pfeift. »Kommt ihr endlich, oder sollen wir alleine feiern?«

Sie werden mit Rosenblüten beworfen und fahren hupend und mit lauter Musik in die Cuidad. Dort kann Camilla sich nicht satt sehen daran, was all die Vorbereitungen und Planungen am Ende ergeben haben. Es ist traumhaft. Sie haben die Gärten von mehreren Häusern zusammengelegt und dort ist ein traumhaftes Ambiente entstanden.

Weiße Tische mit weißen Stühlen, die Tische sind bedeckt mit Kristallen und weißen Rosen, alles ist perfekt aufeinander abgestimmt, die Dekoration am Buffet ist perfekt, die Melonen sind zu kunstvollen Rosen geschnitten, weiße Tauben sitzen auf goldenen Käfigen, es gibt Schokoladenbrunnen mit frischem Obst, es ist perfekt, schöner hätte sich Camilla all das nicht träumen lassen.

Es ist schon merkwürdig, man fiebert monatelang auf einen Tag hin, bereitet alles vor, macht sich wochenlang Gedanken und dann kommt dieser Tag ... und fliegt an einem vorbei. Es ist schön, wunderschön. Dante und Camilla werden beglückwünscht und gefeiert. Bekommen Unmengen von Geschenken. Alle lachen, essen und tanzen zusammen und Camilla genießt jede Sekunde.

Sie liebt es, die ganze Zeit Dantes Hand zu halten, umgeben von ihren beiden Familien und der Familia. Sie genießt die zufriedenen Gesichter ihrer Eltern und das Gefühl, endlich angekommen zu sein. Angekommen an einem wichtigen Schritt in ihrem Leben, vielleicht dem wichtigsten.

Am Ende ist Camilla doch traurig, als fast schon am nächsten Morgen alle die Feier verlassen. Sie gehen in ihr Haus, was nun ihrer beider Haus ist, auch wenn es das eigentlich schon vorher war. Auch ihr Schlafzimmer ist geschmückt, es brennen Kerzen, Rosenblätter liegen auf dem Bett und natürlich weiß Camilla warum.

Sie ist traurig, dass ihre Hochzeit nun vorbei ist, doch gleichzeitig können Dante und sie sich endlich genießen und alleine weiterfeiern. Heute dauert es länger, bis sie beide nichts mehr anhaben.

Sie spürt, wie schon den ganzen Tag, dass auch Dante all das nicht für selbstverständlich nimmt.

Er ist ein wenig nervös, auch jetzt. Sie kennen sich, sind sich schon sehr nah gekommen und doch ist das hier noch einmal etwas ganz anderes.

Dante verwöhnt Camilla am ganzen Körper, genießt sie und als er spürt, dass sie komplett für ihn bereit ist, dringt er das allererste Mal in sie ein.

Er hat zwei Schweißperlen auf der Stirn, so sehr berührt auch ihn dieser Moment. Camilla sieht ihm in die Augen, einen kleinen Moment zieht es und sie schließt die Augen, doch Dante küsst ihre Lippen und sie öffnet sie wieder.

»Ich liebe dich, Camilla.« Sie sieht die tiefe Liebe in seinen Augen und entspannt sich. »Ich dich auch, du bist das Beste, was mir passieren konnte.«

Er küsst sie sanft, beginnt sich in ihr zu bewegen, langsam, er ist so mächtig und die Gefühle in ihr wandeln sich in ein so heftiges Verlangen, was sie vorher noch nie gespürt hat.

Sie stöhnt, hält sich an seinem Rücken fest und sieht ihm in die Augen.

Sie hat sich all das für ihren Ehemann aufgehoben, und als sie jetzt in seinen Armen liegt und all das spürt, weiß sie, dass sie alles richtig gemacht hat.

»Hey mein Herz, wie geht es dir?«

Belinda öffnet müde die Augen, es fällt ihr schwer, sie war noch nie so schlapp und müde wie gerade, dabei hat sie den ganzen Tag über nur geschlafen.

»Es geht, wie war die Hochzeit? Ich habe einige Bilder gesehen. Camilla sah so schön aus.« Belinda schafft es nicht, sich ganz aufzurichten. Sie liegt in dem großen Krankenhausbett, in dem sie seit drei Tagen mit Vidal schläft.

Die ersten zwei Tage ging es langsam besser, der Arzt hat sogar schon gesagt, dass sie bald nach Hause kann und auf jeden Fall auf die Hochzeit, doch von einer Stunde zur nächsten ging es ihr wieder schlechter. Dadurch, dass es ihr besser ging, hat sie auch automatisch wieder angefangen, mehr zu essen, trotzdem hat sie weiter die Infusionen bekommen, vielleicht war das der Fehler.

Sobald Belinda die Augen öffnet, dreht sich alles, es ist mitten in der Nacht, doch auch so hat sie das Zimmer abgedunkelt. Vidal ist fast die ganze Zeit da. Er ist höchstens mal für einen Termin weg, oder um sich umzuziehen und zu duschen, ihr Vater ist den ganzen Tag über immer wieder da, genau wie auch ihre Brüder, die regelmäßig vorbeikommen. Alena ist viel bei ihr, sie kommt meistens, wenn ihre Therapiesitzungen vorbei sind.

Auch Lilly, Emilia, Alicia, Alina und Camilla kommen, mit April telefoniert sie täglich und sie macht sich große Sorgen, besonders seit sie mitbekommen hat, dass es doch wieder schlimmer geworden ist. Was Belinda aber wirklich freut ist, dass alle Vidal an ihrer Seite tolerieren. Wenn einer ihrer Brüder oder Cousins kommen, nutzt Vidal die Zeit meistens und fährt nach Hause oder kümmert sich um etwas, doch manchmal bleibt er auch sitzen.

Sie ignorieren sich, sprechen nur das Nötigste miteinander, doch gestern hat Alejandro Belindas Lieblingspizza mitgebracht und hatte auch eine für Vidal dabei. Kleine Schritte, doch es zeigt, dass es möglich ist.

Ihr Vater und Vidal reden relativ normal miteinander, da sie die meiste Zeit bei Belinda sind, ist es einfach irgendwann so gekommen. Doch sie sprechen auch nicht einmal das Thema Familia, oder wie es weitergehen soll, an.

Elian war kurz da, er hat ihr einen schönen Strauß Blumen gebracht und sich nach den Babys erkundigt. Sie saßen eine Weile zusammen, Vidal war froh, mal jemanden aus seiner Familie um sich herum zu haben. Doch auch wenn er versucht, es vor ihr nicht zu zeigen, sie weiß, dass seine Eltern sehr sauer auf ihn sind, weil er seine Zeit bei Belinda verbringt statt mit der Familia. Sie sind sauer, weil er bei Belinda ist und sich nicht endlich von ihr abwendet, wie sie es gerne hätten.

Belinda weiß, dass es nicht leicht für Vidal ist, hier zu sein, weder wegen ihrer noch seiner Familie, deswegen bedeutet es ihr umso mehr, dass er auch jetzt, nach der Hochzeit mitten in der Nacht, gekommen ist. Sie hätte gar nicht damit gerechnet. Er zieht seine Anzughose aus, zieht sich die einfache Joggingshorts über, knöpft sein Hemd auf und sieht zu Belinda. Er sah so gut aus, als er zur Hochzeit gegangen ist, er könnte jede Frau in Puerto Rico haben und weit darüber hinaus und es wäre niemals so anstrengend wie mit ihr, doch er ist hier und Belinda ist wirklich dankbar dafür.

Sobald das Hemd ausgezogen ist, legt er sich zu ihr ins Bett und zieht Belinda an sich. »Haben die neuen Infusionen geholfen?« Im Gegenteil, Belinda hat das Gefühl, dass sie nicht einmal diese mehr verträgt, doch sie will ihm nicht noch mehr Sorgen machen und küsst seine nackte Brust. »Dass du da bist, hilft.« Vidal dreht sich auch seitlich und sieht ihr in die Augen, seine Hand geht unter ihr weites Shirt auf ihren Bauch, und wie schlecht es ihr auch geht, wächst er wirklich weiter.

Vidal streichelt zärtlich über die kleine Wölbung, dann schiebt er die Decke nach unten, legt Belinda gerade hin und schiebt das Shirt hoch. Er verteilt kleine Küsse auf ihren Bauch und wendet sich erst dann lächelnd wieder ihrem Gesicht zu. Seine Hand streicht über ihre Wange, sie sind sich so nah, dass sich ihre Nasenspitzen berühren.

»Ihr drei, ihr seid alles für mich.« Sie küssen sich und Belindas Herz füllt sich in diesem Moment mit so viel Liebe, dass es ihr wirklich wieder besser geht, wenn auch nur für diesen kostbaren Augenblick.

Kapitel 16

Alena lässt die warmen Strahlen der Sonne, die es durch die Äste und Blätter des Baumes schaffen, auf ihre Haut strahlen.

Sie hat jetzt eine Stunde Zeit zwischen den Anwendungen und diese Stunde verbringt sie am liebsten hier unter dem grünen Baum mit den gelben Blüten auf einer Parkbank, in der Nähe des schönen Brunnens im Therapiezentrum, aber doch so weit weg von allem, dass sie für sich allein ist.

Obwohl, allein ist sie gar nicht. Alena streicht zufrieden über Anibals weiches Fell, der mit seinen Pfoten auf ihrem Schoß liegt und sich verwöhnen lässt. Alena hat sich nie einen Hund gewünscht, Roman wollte früher immer einen haben und hatte auch mal einen, der ist aber nach wenigen Wochen abgehauen.

Sie hat nie verstanden, wie Menschen Hunde als Freunde fürs Leben bezeichnen können, bis jetzt. In diesen wenigen Tagen, die sie jetzt Anibal hat, ist er schon zu ihrem zweiten Schatten geworden.

Nur wenn es nicht anders geht, lässt sie ihn zuhause, sonst begleitet er sie überall hin. Sie braucht keine Leine für ihn, er weicht eh nie von ihrer Seite und er hört aufs Wort. Sie war gestern mit Ponce zusammen mit ihm auf der Trainingsanlage und sie haben weiter mit den Trainern dort geübt.

Ihre Familie ist begeistert von Anibal, weil sie alle auch sofort gemerkt haben, dass er wirklich hilft. Auch wenn Anibal ihre Mutter und alle anderen schon kennt und mag, sobald jemand wieder den Raum betritt oder sich Alena nährt, kündigt er das immer an.

So kann niemals jemand sie überraschen und das hat ihr in diesen wenigen Tagen schon wieder eine Sicherheit gegeben, die sie vorher nicht mehr hatte. Sie weiß, sie muss sich nicht mehr umsehen. Anibal macht das für sie.

Er schläft an ihrem Bett und knurrt jedes Mal, wenn jemand das Zimmer betritt, deswegen schläft Alena viel tiefer und fester. Sie weiß, Anibal ist da und warnt sie vor Gefahr. Außerdem tut er ihr einfach gut, sie kuschelt mit ihm, krault ihn und lässt Nähe zu, die ihr bei Menschen noch schwerfällt.

Sie hat noch immer die Augen geschlossen, als er leise winselt. Alena sieht zur Seite und auf Elian, der auf sie beide zukommt. Er hatte gesagt, das er kommen wird und Alena hat jede Mittagspause gewartet, doch er kam nicht, heute hatte sie nicht damit gerechnet und freut sich, als sie ihn jetzt sieht.

Er trägt ein blaues Hemd und eine schwarze Jeans, er sieht gut aus, er sieht immer gut aus, sie mag seine dunklen Augen, die sie einmal komplett abfahren, als würde er sehen wollen, ob ihr etwas fehlt. Sie mag seine zwei Grübchen auf der Wange, wenn er lacht, doch er lacht zu wenig, wenn er mit ihr zusammen ist, wie sollte er auch?

»Hey, alles in Ordnung bei euch?« Nachdem Alena Anibal gesagt hat, dass es okay ist, dass Elian auf sie zukommt, springt ihr kleiner Freund auf und begrüßt ihn. Elian nimmt ihn auf den Arm.

Er scheint ihn wiederzuerkennen. Elian beugt sich zu Alena und küsst ihre Wange, wobei er Anibal auf seinen Armen behält und ihn streichelt. »Ich habe etwas Gebäck mitgebracht von der Hochzeit gestern. Es ist ja wirklich schön hier.«

Elian setzt sich zu ihr und streichelt weiter den Hund. In diesem Moment spürt sie, dass ihr diese Nähe gefehlt hat. Sie hat sich an seine Nähe gewöhnt, sehr gewöhnt und seit sie zurück in ihrem alten Leben ist, denkt sie auch immer wieder an die Küsse, die sie geteilt haben. Sie denkt sogar sehr oft daran und würde wirklich gern wissen, ob er all das auch ein wenig vermisst.

»Ja, das ist es. Ich bin gerne hier.« Elian hat eine Tüte mit leckerem Gebäck und Getränken für sie dabei. Alena probiert einige Kekse, sie sind lecker, Alena hat mitbekommen, dass die Hochzeit sehr schön gewesen sein soll. »Und immer so lange … ich meine, den ganzen Tag Therapien?«

Er wird sie wahrscheinlich für geisteskrank halten und irgendwie ist sie das ja auch.

»Es ist ein Programm, was ich hier sechs Wochen mache. Sie sagen, dass es sechs Wochen sehr intensiv ist und dann, nach den sechs Wochen, komme ich noch ein, zwei Mal für einige Stunden, falls es noch nötig ist. Jetzt bin ich morgens von neun bis zwölf Uhr hier und werde ärztlich behandelt, die Narben gelasert und andere Sachen, die meinem Körper helfen zu heilen.

Mein einer Arm war fester und länger zugeschnürt als der andere, und ich habe Probleme, wenn ich Sachen mit ihm mache, nicht schwerwiegend, aber all so etwas behandeln sie vormittags und am Nachmittag habe ich verschiedene Therapien, Gespräche, Massagen, um zu lernen, Nähe wieder zuzulassen. So gegen drei ist das vorbei und um zwölf Uhr habe ich eine Stunde Pause, also es hört sich erstmal schlimm an, aber es ist wirklich ganz gut.«

Elian nickt und lächelt. »Das sieht man. Was sagen alle zu deinem Hund?« Sie streicht über das Fell von Anibal. »Alle lieben ihn, siehst du das Halsband? Das hat mein Bruder ihm gekauft, er braucht aber keine Leine, er bleibt bei mir.«

»Wieso sollte er auch nicht?« Elian sieht ihr in die Augen und Alena lächelt, sie hat sich vorgenommen, wenn Elian vorbeikommt, werden sie nicht schon wieder nur von ihr sprechen, deswegen fragt sie ihn wegen der Hochzeit gestern aus. Elian erzählt ihr alles, er zeigt ihr auch Fotos und Videos auf seinem Handy und sie rücken noch ein wenig enger zusammen.

Wenn Alena massiert wird und sie sich zwingt, diese Berührungen zuzulassen, kommen ihr Minuten ewig vor und immer wenn sie mit Elian zusammen ist, verfliegt die Zeit.

Als sie das nächste Mal zur Uhr sieht, ist sie schon zehn Minuten zu spät zur nächsten Therapie und steht schnell auf. Auch Elian erhebt sich. »Ich muss zur nächsten Stunde … sehe ich dich …?«

Er nickt und unterbricht sie, als wollte er nicht wirklich darüber sprechen.

»Ich habe einen Termin im Süden und bin morgen auch noch weg, danach komme ich wieder her.« Alena lächelt und überlegt eine Sekunde, wie sie sich nun verabschieden sollen, doch da nimmt Elian sie schon in den Arm.

Sie kann nicht anders, sie seufzt zufrieden auf, als sich seine Arme wieder um sie legen, sie legt ihren Kopf an seine Schulter und atmet seinen Duft ein. Es ist keine harmlose Umarmung, dafür geht sie zu lange und sie beide genießen den Augenblick viel zu sehr.

»Pass auf dich auf, bis ich wieder da bin.«

Elian küsst ihre Haare und geht.

Alena sieht ihm noch hinterher, bis sie sich schnell auf den Weg zu ihrem Therapeuten macht, der entspannt in seinem Stuhl vor der Couch sitzt, auf der Alena gleich liegen wird.

Sie kam schon einmal zu spät, sie war so müde, dass sie im Garten ein wenig eingenickt ist und er kam sie holen.

»Ich war ...« Er lächelt und deutet ihr, sich zu setzen. »Ich habe sie gesehen.« Alena setzt sich auf die Couch, Anibal neben sie.

»Wieso haben Sie mich nicht gerufen und mir Bescheid gesagt?« Sein Lächeln wird breiter.

»Wissen Sie, manche Therapien können wir gar nicht so intensiv machen wie das Leben und ich wollte das nicht unterbrechen.«

Ponce betritt das Center, das neu hergerichtet wurde, damit ihre Familia in ihrer Gegend ein wenig Gutes tun kann. Es hat sich schon wieder einiges getan, jedes Mal wenn er es betritt, entdeckt er wieder etwas Neues.

Die Frauen haben sich viel Mühe gegeben, es ist schön geworden und in zwei Wochen ungefähr soll es fertig sein. Einige Arbeiter bringen gerade Lampen an und ziehen noch eine Trennwand, er hört eine vertraute Stimme und bekommt sofort ein schlechtes Gewissen.

Er ist schon seit zwei Tagen wieder da, doch er hatte hier so viele Termine und war dann auch ständig bei Belinda im Krankenhaus, dass er nur zum Schlafen nach Hause gekommen ist.

Es ist, als würde Alejandro vorhaben, in wenigen Wochen die Weltherrschaft an sich zu reißen, er überschüttet sie alle mit Arbeit und stürzt sich selbst hinein, es könnte allerdings auch daran liegen, dass er versucht, das mit April zu verdrängen, Ponce würde auf letzteres tippen, da man ihren Namen aber lieber nicht erwähnen sollte, weiß er nicht, was gerade im Kopf seines älteren Bruders vor sich geht.

Gestern aber stand auf seiner Terrasse ein leckerer Kuchen, was ihn an Alina und ihre eigentliche Vereinbarung erinnert hat. Leider war es da mitten in der Nacht, sodass er jetzt hier im Center nach ihr sucht und sie in der riesigen Küche auch mit einem Mann vorfindet, dem sie einen Plan zeigt und erklärt, wo überall Feuerlöscher angebracht werden müssen.

Beide sehen auf, als er in die Küche kommt, Alina legt den Kopf ein wenig schief, der Mann räuspert sich schnell und versichert, alles verstanden zu haben und sucht so schnell er kann das Weite, was Ponce nur recht ist. »Ach, hast du doch mal Zeit gefunden, vorbeizukommen?«

Ponce sieht an Alina herunter. Sie ist zum Anbeißen, ihre langen Haare fallen ihr auf die Hüften, sie trägt nur eine kurze Shorts und ein weißes Top und hat ein schwarz-rot kariertes Hemd um die Hüften gebunden.

Ihre schlanken Beine glänzen genau wie ihre braunen Mandelaugen, als er auf sie zukommt. »Es tut mir leid, ich habe es nicht geschafft, aber jetzt bin ich hier, um dich für heute Abend einzuladen.«

Ponce tut es wirklich leid und sie scheint es ihm zum Glück zu glauben, denn ihr Blick wird milder. »Heute Abend gehe ich mit Emilia ins Kino.« Verdammt. »Morgen Abend bin ich nicht da, aber darauf reservierst du den Abend für mich?«

Er sieht sie bittend an und sie lacht leise auf. »Na schön … wenn …« Ponce tritt näher. »Mach das nochmal.« Alina sieht ihm in die Augen, seine Hände gehen an ihre Beine und sie lässt es zu. »Was?« Sie lacht nochmal und er gibt ihr einen kurzen Kuss auf den Mund. »Das! Ich mag es, wenn du lachst.«

Alina schlingt ihre Arme um seinen Hals und er küsst sie, es ist nicht zärtlich, er zeigt ihr, dass er die Tage oft an das, was zwischen ihnen ist, gedacht hat. Er hat noch nie so etwas Aufregendes erlebt, dabei hatte er schon die wildesten Sex-Abenteuer, doch das hier mit Alina reizt ihn wirklich.

Er hebt sie hoch und setzt sie auf den Tisch, vor dem sie stand und spreizt ihre Beine, um sich in ihre Mitte zu stellen, seine Lippen verlassen ihre und wandern zu ihrem Hals. Er sucht ihren empfindlichen Punkt und findet ihn, was Alina mit einem Seufzen belohnt. »Und das Geräusch liebe ich auch.«

Alina küsst ihn und knabbert an seiner Unterlippe, die Frau macht ihn wahnsinnig, seine Hand rutscht an ihren Po, doch da knallt es im anderen Zimmer und trennt sie abrupt. Irgendwer hat etwas fallen gelassen, Ponces Lippen fahren noch einmal an ihrem Hals entlang, Alina lacht erneut auf und drückt ihn sanft weg. »Übermorgen, und wehe, das klappt nicht!«

Ponce folgt ihr in den anderen Raum und sieht auf ihren Po, wie er perfekt in der Shorts sitzt. Sie geht zu einem Arbeiter, der eine Lampe hat fallen lassen. Er wird dafür sorgen, dass das klappt!

Bevor noch jemand auf falsche Gedanken kommt, gibt er Alina beim Vorbeigehen noch einen Kuss auf die empfindliche Stelle, so sollten alle hier verstanden haben, dass er sie haben will.

April atmet tief ein, sie ist völlig übermüdet, doch sie hat es geschafft. Die beiden Männer vor der Tür sehen sie verwundert an, sagen aber nichts. Sie kennen sie ja. April klopft an die weiße Tür und tritt dann in einen abgedunkelten Raum. Mehrere Lichter brennen, aber die Jalousien lassen kein grelles Sonnenlicht herein.

Sie blickt auf Belindas Vater, der sie erst verwundert ansieht, dann aber lächelt. »April, das ist ja eine Überraschung.« Santos sitzt neben ihm.

Ihr Blick wandert weiter und ihr Herz zieht sich zusammen, sie hat geahnt, dass sie ihn sehen wird, nicht jedoch, dass es so schnell sein wird. Sie sieht nur einen winzigen Augenblick zu Alejandro, der am Fenster gelehnt steht und sein Handy weglegt, auf dem er gerade noch etwas eingetippt hat.

Millisekunden, und alles in ihr möchte sofort wieder flüchten, nicht in diese Augen sehen müssen, nicht diese Nähe ertragen und doch auf Abstand bleiben, doch sie räuspert sich und reißt sich zusammen, sie ist nicht deswegen hier.

Sie sieht zu dem großen leeren Bett und wieder zu dem Vater von Belinda und Alejandro. »Ja, ich bin sofort losgeflogen, als ich gehört habe, dass es Belinda schlechter geht. Wo ist …?« Die Tür zum Badezimmer geht auf und Belinda kommt heraus, Vidal neben ihr, hilft ihr.

April stockt einen Moment, sie hat Belinda noch nie so fertig gesehen. Tiefe Schatten liegen unter ihren Augen, sie sieht viel zu geschwächt aus, sie ist blass und hat kaum Farbe im Gesicht. »April.« Als sie sie erblickt, strahlt ihr Gesicht und April versucht, sich nicht anmerken zu lassen, wie sehr sie dieser Anblick schockiert. April nimmt Belinda in den Arm.

»Geht es dir wieder ein wenig besser? Ich bin sofort hergekommen, sobald ich gehört habe, wie du dich anhörst.« Belinda kann sich kaum auf den Beinen halten und April hilft ihr zum Bett. Sie sieht dabei Vidal ins Gesicht und die Sorgen darin, auch der Vater und Alejandro und Santos sehen sehr angespannt zu Belinda. »Den Babys geht es gut, das ist das Wichtigste.«

Man sieht, dass Vidal innerlich brodelt und sich sehr zurückhalten muss. »Das bringt aber niemandem etwas, wenn dich das Ganze umbringt. Ich habe noch nie gehört, dass es normal ist, dass es jemandem so schlecht geht.«

Eine Nonne betritt den Raum mit einem breiten Lächeln im Gesicht. »So, hier kommt die nächste Infusion, das wird ihnen gut tun. Der Arzt hat gleich die doppelte Menge verordnet, damit ihr Kreislauf wieder stabiler wird.« Belindas Vater schüttelt den Kopf. Alejandro und Santos kommen zum Bett. April hat nur zu Santos genickt, als sie eingetreten ist, Alejandro hat sie nur einen kleinen Blick geschenkt. Beide beugen sich zu ihrer Schwester und küssen ihre Stirn.

Santos sagt, dass sie zu einem Termin müssen und Belinda später anrufen werden. April setzt sich an Belindas Bett und nimmt ihre Hand in ihre, sie beachtet Alejandro nicht weiter, sie sieht nicht einmal auf, als sich die Tür hinter den beiden schließt. Belinda kann ihre Augen nur schwer offenhalten, doch sie fragt April aus, wie die Messe war, die sie letzte Woche besucht hat und auf der sie einen Stand von ihrer Boutique hatte.

Manchmal hat April das Gefühl, Belinda beruhigt es, ganz normale Geschichten aus Aprils Leben zu hören. Sie hat im Moment und auch in der letzten Zeit ein solch anstrengendes Leben, dass sie es mag, ganz normale Geschichten des Lebens zu hören, obwohl sich April nicht so sicher ist, ob ihr Leben wirklich ganz normal ist.

Vidal bekommt immer wieder Nachrichten und steht dann auf. »Bleibst du heute bei ihr?« Er sieht April an. Er sieht auch sehr fertig aus und scheint sich ernsthafte Sorgen zu machen. »Ich würde hier schlafen, wenn das okay ist. Zumindest heute.« Vidal nickt. »Bei uns ist für heute Abend eine Besprechung einberufen worden, ich denke, es kann sehr spät werden. Sollte etwas sein, ruft mich sofort an, dann komme ich. Sonst komme ich morgen früh wieder, okay?«

Belinda nickt. »Wir machen es uns gemütlich und schauen uns Serien an, mach dir nicht so viele Gedanken.« Er nickt, doch er sieht nicht überzeugt aus, als er Belinda küsst und auch April einen Kuss auf die Wange gibt. Er nickt Belindas Vater zu, der noch eine halbe Stunde bei ihnen bleibt und sich dann auch langsam verabschiedet.

Man spürt genau, dass jeder dieser Männer sehr besorgt ist. Sobald ihr Vater aus der Tür ist, atmet Belinda tief aus und bittet April um die Schüssel unter ihrem Bett. Sie übergibt sich und April hält bestürzt ihre Haare. Belinda lehnt sich erschöpft zurück und stöhnt schmerzhaft aus. »Ich kann nicht zeigen, wie es mir wirklich geht, die Männer drehen auch so schon durch.«

April treten Tränen in die Augen und sie streicht die Wange ihrer besten Freundin. »Was passiert hier bloß, Belinda?«

»Das hast du heute echt gut gemacht.« Roman hält vor Petros und Emilias Haus. Petro schläft seit zwei Tagen dort und so wie es aussieht, ist Emilia auch da, weil Licht im Haus brennt. Er lehnt seinen Kopf entspannt zurück und sieht zum Haus, bis ihm der Blick von Petro auffällt.

»Danke. Ich denke, so langsam habe ich verstanden, wie diese Geschäfte funktionieren.« Roman nickt. »Ich werde dir nächste Woche alleine einen Auftrag geben.«

Petro sieht ihm in die Augen. »Roman, was ist da mit Emilia und dir? Du weißt, dass sie für mich sehr wichtig ist.« Roman fühlt sich sofort erwischt, was unsinnig ist, im Grunde ist nichts zwischen Emilia und ihm, nichts außer seinen Gefühlen, die sich immer stärker entwickeln und die er nicht mehr so wirklich kontrollieren kann, zumindest nicht so, wie er es gerne würde.

»Was soll da sein? Ich meine, du hast doch nur brüderliche Gefühle für sie, oder habe ich da etwas falsch verstanden?« Petro legt den Kopf ein wenig schief. Wenn er ihn so ansieht, erinnert er ihn sehr an sich selbst vor einigen Jahren. »Nein, hast du nicht, ich liebe sie wie eine Schwester, aber sie ist ein sehr sensibler und besonderer Mensch, also bitte pass auf, was du tust. Wäre da nichts, hättest du sofort nein gesagt, so gut kenne ich dich nun auch schon.«

Nun hat er ihn, Roman spürt, wie sich seine Augenbrauen zusammenziehen. »Wo wir schon bei Schwestern sind. Ich finde es gut, wie du dich um Emilia kümmerst, wirklich, aber ich sehe dich kaum mit Alena sprechen. Sie ist deine richtige, leibliche Schwester, das ist dir doch klar, oder?«

Nun sieht Petro ihn so an, als hätte er ihn erwischt, er weiß, dass es Petro nicht so leichtfällt, auf Alena zuzugehen, am Anfang ging es, doch je mehr er gemerkt hat, wie tief verletzt Alena wurde, desto mehr Abstand hat er wieder gehalten.

»Ja, du hast recht, ich werde mich mehr um unsere kleine Schwester bemühen und du passt auf, was sich da … zwischen Emilia und dir entwickelt.«

Petro sieht ebenfalls zum Haus. »War das jetzt so ein Brüder-Gespräch?« Roman muss lachen und schlägt Petro leicht auf den Nacken, als er aus dem Auto steigen will. »Das war es und es wird nicht unser letztes gewesen sein!«

174

Kapitel 17

Sobald die warmen Strahlen der Dusche auf sie treffen, schließt April die Augen. Es tut so gut, nach dieser Nacht zu duschen.

Sie ist froh, hier zu sein, gleichzeitig hat sie das Gefühl, noch nie so machtlos gewesen zu sein.

Die Nacht war der Horror, Belinda hat sich hin und her gewälzt, sie konnte nicht schlafen, hat sich ständig übergeben, man kann sehen, dass es ihr von Stunde zu Stunde schlechter geht.

Vidal ist am Morgen gekommen und April ist zu Belinda nach Hause gefahren, hat mit ihrem Vater gefrühstückt und duscht jetzt, bevor sie zurück ins Krankenhaus fährt.

Der Vater ist gerade losgefahren, er trifft einen Geschäftspartner, der irgendwelche brisanten Neuigkeiten zu den Puentes haben soll, soweit April das verstanden hat, danach fährt auch er ins Krankenhaus.

April ist froh, alleine zu sein, sie nimmt eines der vielen Shampoos in dieser riesigen wasserfallartigen Dusche. Sie duscht und würde gerne noch länger im Bad bleiben, doch sie hört Geräusche von unten und verlässt schnell die Dusche, bindet sich ein Handtuch um und läuft barfuß und immer noch nass durch das Loft. Verdammt, sie hört Alejandro unten, er scheint zu telefonieren.

»Dein Vater ist nicht da, er hat ein Treffen.« Sie bleibt im Flur stehen und will, dass Alejandro so schnell wie möglich wieder hier verschwindet, ihr Bauch kribbelt allein beim Klang seiner Stimme. Er verabschiedet sich von jemandem und sie hört, wie er die Treppenstufen heraufkommt.

»Nein Alejandro, verschwinde. Dein Vater ist nicht da.«

April weiß, wie eingeschnappt sie sich anhört, sie dreht sich um, um zurück in Belindas Loft zu gehen und die Tür hinter sich zu schließen, doch zu spät. Alejandro taucht schon an der letzten Stufe auf und hat ein so selbstgefälliges Lächeln im Gesicht, dass sie ihm am liebsten eine Ohrfeige verpassen würde, es erinnert sie so sehr an die ersten Tage zwischen ihnen.

»Auf einmal hörst du dich nicht mehr so selbstsicher an wie am Telefon.« April funkelt ihn böse an, ihr entgeht sein Blick über ihren nur vom Handtuch verhüllten Körper nicht. »Du hast kein Recht mehr, mich anzurufen oder überhaupt anzusprechen ...« Er lacht auf und kommt näher.

»Mach dich nicht lächerlich, April, du schaffst es ja nicht einmal, mir in die Augen zu sehen, wenigstens leugne ich nicht, dass ich dich liebe und du mir fehlst, aber deine sture Haltung ...«

Sie schließt bei seinen Worten die Augen, er hat keine Vorstellung davon, wie sehr er ihr fehlt, doch er scheint es zu ahnen. Als sie die Augen schließt, bricht er ab, nimmt ihr Kinn in die Hand und legt seine Stirn an ihre.

»Es tut mir leid, April.« Sie kann nicht anders, diese plötzliche Nähe, diese Worte, sein Duft, seine dunklen Augen, sie ist diejenige, die ihre Lippen wieder vereint und damit einen kleinen Vulkan freisetzt.

Als ginge es um sein Überleben, küsst Alejandro sie so sehnsüchtig zurück, dass sich April nur noch an seinen Schultern festklammern kann. Er öffnet mit einem Handgriff ihr Handtuch und seufzt zufrieden auf, als er ihre Haut spürt.

Seine Hände umfassen ihren Po und heben sie hoch, er drückt April an sich und tritt eine der Türen zu einem Gästezimmer auf, schlägt sie zu und legt April aufs Bett.

Ihr Atem geht rasend schnell, als er den Kuss löst, sie zerrt ihm sein Shirt vom Oberkörper und möchte auch nichts anderes mehr, als ihn komplett zu spüren.

Alejandros Lippen fahren ihren Hals entlang, verwöhnen ihre Brüste in der Zeit, als er sich seine Shorts von den Beinen schiebt.

»Du fehlst mir … .« Seine Stimme ist rau, April stöhnt laut auf, als seine Lippen immer weiter wandern und in ihrer Mitte landen.

Sie kann sich nicht mehr zurückhalten und ist dankbar, dass sie alleine sind. Ihre Hände greifen in seine Haare und sobald er wieder zu ihr hochkommt, fährt sie seine massiven Oberarme ab, liebkost seine Schulter und sieht ihm in die Augen.

»Ich liebe dich, Alejandro.« In dem Moment vereint er sie und sie beide seufzen erleichtert auf, als wäre es das, was sie so sehr herbeigesehnt haben. »Du hast keine Vorstellungen, wie sehr ich dich liebe.«

Er meint das so, er sagt die Wahrheit und April schließt die Augen, als Alejandro sich in ihr zu bewegen beginnt, weil sie genau weiß, dass das alles nichts ändern wird. Es ist stürmisch und liebevoll zugleich, was sie die nächsten Minuten miteinander erleben und April erlebt jede Sekunde davon so viel intensiver als alles, was sie bisher gespürt hat, einfach weil sie weiß, dass es das letzte Mal sein könnte.

Als sich Alejandro danach von ihr herunterrollt, zieht er sie sofort mit sich und April legt ihren Kopf an seine Brust und atmet tief ein und aus. Beide brauchen einige Minuten, um wieder richtig Luft zu bekommen. Erst als April kleine Kreise auf seiner Brust zeichnet, findet sie ihre Stimme wieder.

»Aber das ändert nichts, oder Alejandro?« Er räuspert sich. »Nein, es ändert nichts. Die Situation ist immer noch gleich. Ich kann einfach niemanden an meiner Seite haben.« April schnauft auf und setzt sich so hin, dass sie ihm in die Augen sehen kann.

»Aber Vidal kann das? Sieh dir doch an, was für Kämpfe Belinda und er gerade ausführen. Da geht das doch auch.«

Alejandros Blick verdüstert sich.

»Er ist genauso ein Anführer wie ich und wenn er sich einfach daran halten würde, dann hätten wir all diese Probleme nicht, April, verstehst du das?«

Sie schüttelt den Kopf und Tränen steigen ihr in die Augen.

»Nein, ich verstehe nicht, wieso wir aufeinander verzichten sollen, wenn wir uns lieben, ich verstehe es nicht und möchte es auch gar nicht verstehen.«

Sie will sich von ihm losmachen, doch er hält sie zurück und umfasst ihr Gesicht.

»Ich bin noch nicht bereit, dich gehen zu lassen.« Sie könnte ihn gerade einfach nur umbringen. »Wenn man deinen Worten glauben soll, musst du das aber wohl.«

Alejandro küsst sie und egal wie sauer sie ist, sie schafft es einfach nicht, dem zu widerstehen.

Er zieht sie auf sich und als sie spürt, das er schon wieder bereit für sie ist, vereint sie sie, als wäre es das Natürlichste der Welt.

Seine Hand fährt ihre Brüste und ihren Bauch entlang und seine Augen sehen sie auffordernd an. »Wenn du mich liebst, April, musst du das alles verstehen.«

Sie schüttelt den Kopf, in diesem Moment wird ihr klar, dass sie um ihn und um das, was zwischen ihnen beiden ist, kämpfen muss.

Es ist zu sehr in seinem Kopf verankert, dass er nur für die Familia da sein muss, sie muss ihm zeigen, dass es anders geht. Sie bewegt sich auf ihm und sieht ihm weiter in die Augen. Bevor sie ihre Lippen vereint, umfassen ihre Hände sein Gesicht.

»Wenn du mich liebst, Alejandro, darfst du das zwischen uns nicht aufgeben. Hörst du?«

Statt einer Antwort küsst er sie und beide geben sich diesem starken Verlangen nacheinander hin. April weiß nicht, wie sie es schaffen können, doch sie weiß, dass das zwischen ihnen nicht enden darf.

»Emilia!«

Roman rennt die Treppen zur Kirche hinauf, an der Emilia schon in der Mitte ist. Er sieht auf ihren Reisetasche und flucht auf. Sie hat ihn nicht gehört. »Emilia!«

Sie wendet sich um und sieht ihn verwundert an. »Roman? Was tust du hier?« Ihre wunderschönen braunen Mandelaugen sehen ihn verwirrt an. Er holt Luft, er ist in seinem Leben noch nie so schnell nach San Juan gerast, er hat sich noch nicht einmal richtig fertig gemacht, er ist zum Frühstücken zu seiner Mutter gegangen, wo er Petro getroffen und gefragt hat, wo Emilia steckt.

»Petro hat mir gesagt, dass du auf dem Weg ins Kloster bist und ich ...« Emilia kneift noch verwunderter die Augen zusammen, eine kleine Falte bildet sich auf ihrer Stirn. Roman kann nicht fassen, dass solche Kleinigkeiten ihm in einer derartigen Situation auffallen. »Ich ... tu das nicht, Emilia! Denk noch einmal darüber nach, du hast dem Leben hier noch gar keine Chance gegeben und so zerstörst du einfach alles.«

Ihm kommt es fast so vor, als wüsste sie überhaupt nicht, wovon er spricht. »Was zerstöre ich denn?« Roman flucht leise und bekreuzigt sich sofort, weil er es auf den Treppen einer Kirche tut, er geht noch einen Schritt näher zu Emilia, nun sind sie auf der selben Stufe und er kann ihr richtig in die Augen sehen.

»Du nimmst mir die Chance, mich um dich zu bemühen. Ich weiß, ich habe mir noch nicht viel Mühe gegeben, weil ich selbst von dem, was sich in mir für Gefühle für dich aufgebaut haben, überrascht bin, doch so ... wenn du jetzt gehst ... nimmst du mir die Chance, das alles herauszufinden und dir zu zeigen, dass das Leben hier draußen auch gut sein kann.«

Nun hat sie verstanden. Roman sieht, wie süß sich ihre Wangen rot färben, doch sie sieht ihm unbeirrt weiter in die Augen.

In diesem Moment erscheint der Priester oben in der Tür der Kirche. »Emilia, da sind Sie ja. Es sind zwei Schwestern da, die Sie in das Kloster bringen werden, kommen Sie?«

Emilia sieht ihm weiter in die Augen.

»Tue das nicht, Emilia, gib uns diese Chance!«

Roman hat noch niemals so die Hose vor einer Frau heruntergelassen und die Tatsache, dass es ihm in diesem Moment völlig egal ist, zeigt ihm, wie viel Emilia ihm bereits bedeutet.

»Ich hatte keine Ahnung, dass du so empfindest, du hast es mir nie wirklich gezeigt. Ich weiß nicht, was Petro dir erzählt hat, aber ich wollte mir nur von allem ein Bild machen, bevor ich entscheide. Ich bin nur für eine Woche im Kloster und schnuppere quasi da rein. Ich bin bald zurück.«

Roman fällt ein Stein vom Herzen, gleichzeitig wird ihm sein Auftreten peinlich. »Sie müssen jetzt los, Emilia.« Das erste Mal wendet Emilia jetzt ihren Blick ab und lächelt zum Priester. »Ich komme.« Sie wendet sich noch einmal zu ihm um, sieht Roman in die Augen und lächelt. »Bis in ein paar Tagen.«

Er ist nicht mehr in der Lage, etwas zu sagen, sein Herzschlag beruhigt sich nur langsam, er sieht zu, wie Emilia mit dem Priester in die Kirche geht und die Türen geschlossen werden.

Ungläubig schüttelt er den Kopf und geht die Treppen langsam hinab. Petro dieser Fuchs, mit dieser Aktion hat er dafür gesorgt, dass Roman ihm die Frage beantwortet, was er für Emilia empfindet, indem er wie ein Wahnsinniger aus dem Haus ihrer Mutter gestürmt ist und versucht hat, Emilia aufzuhalten.

Er hat auch dafür gesorgt, dass nun Emilia weiß, wie er empfindet und ja, im Grunde auch, dass ihm das erste Mal richtig bewusst ist, dass das viel mehr ist, die Angst, Emilia nicht mehr sehen zu können, hat auch ihm die Augen geöffnet.

Er atmet tief ein und lächelt, als er sich noch einmal kopfschüttelnd zur Holztür der Kirche mit dem großen Kreuz darauf umdreht.

»Nein, das hast du nicht.«

Alena lacht laut los, als Elian ihr zeigt, wie er sie gerade hereingelegt hat. Sie spielen seit einer Stunde Karten und er hat sie die ganze Zeit über hereingelegt, was er ihr nun offenbart, aber so kann sie den Trick das nächste Mal anwenden, wenn sie mit ihren Brüdern und Cousins spielt, sie hat Elian erzählt, dass sie das Spiel oft mit ihnen spielt.

Elian muss auch lachen, es gibt nichts Schöneres für ihn, als Alena lachen zu hören. Er war die letzten drei Tage die komplette Mittagspause hier bei ihr und auch jetzt ist sie wieder spät dran, doch sie können es beide einfach nicht übers Herz bringen, ihre gemeinsame Stunde enden zu lassen.

Anibal liegt vor ihnen im Gras. Sie haben sich heute auf eine Decke an den Brunnen gelegt. Hier kommt niemand aus ihren Familias her, Alena wird manchmal hergebracht oder abgeholt, aber keiner kommt ins Center hinein, um Alena nicht zu stören. Und so haben sie beide einen Platz gefunden, an dem sie sich ungestört sehen können, auch wenn beide wissen, dass sie das nicht sollten.

Alena bleibt liegen und Elian setzt sich langsam auf. »Ich muss los, irgendwann lassen deine Therapeuten mich nicht mehr zu dir, weil ich dich von deinen Sitzungen abhalte.« Alena sieht ihn aus ihren wunderschönen grünen Augen an. »Nein, sie sagen, du tust mir gut und dass du sehr wichtig für meine Heilung bist, weil du mir sehr wichtig bist.«

Elian würde ihr gern widersprechen, doch das ist lächerlich in Anbetracht ihrer Nähe und dass sie immer wieder Kontakt zueinander haben. Sie haben sogar schon nebeneinander geschlafen und Zärtlichkeiten ausgetauscht und das auf einem Level, das er bisher mit noch keiner anderen Frau erreicht hat. »Danke, dass du dir jeden Tag diese Zeit für mich nimmst. Du hast doch sicherlich eine Menge zu tun und doch hältst du dir diese Zeit frei ... für mich.«

Elian lacht bitter auf. »Es ist viel zu tun und es ist gerade das größte Chaos ...« Sie hat keine Vorstellungen, was bei ihnen gerade los ist. Was gestern bei ihrer Besprechung los war, hat Elian bisher noch nie erlebt. Alena sieht ihn weiter unbeirrt an.

»Und doch bist du hier.« Ja, das ist er, dazu kann man nichts sagen, manchmal sprechen Taten viel mehr und klarer, als Worte es je könnten.

Alena ist heute umwerfend schön, sie trägt ein rotes, enges Sommerkleid, ihre Locken liegen um ihren Kopf herum auf der Decke und ihre grünen Augen strahlen ihn an.

Sie hat wieder zugenommen, ihre Haare sind länger, sie deckt die Narbe auf ihrer Nase ab, doch auch so sieht man ihre Narben kaum noch, die Ärzte haben wirklich gute Arbeit geleistet und das Lachen, was er gerade gehört hat, zeigt ihm, dass auch ihr Innerstes zu heilen beginnt.

»Wenn ich dich so ansehe, kommt es mir so vor, als würde da die Frau aus der Tankstelle wieder vor mir liegen.« Alena lächelt matt. »Ich glaube, die gibt es nicht mehr.« Elian beugt sich über Alena und streicht ihr eine Strähne weg. Sie zuckt bei seiner Nähe nicht mehr zusammen und allein dieser kleine Fortschritt bedeutet ihm schon alles.

»Ich kannte sie nicht, doch ich habe ständig an diese Frau gedacht. Vielleicht war es Schicksal, dass ich dich da rausgeholt habe, es hat unser beider Leben für immer miteinander verknüpft.« Alena sieht ihn nun ernst an und scheint über seine Worte nachzudenken, weil sie beide so fühlen. Er beugt sich zu ihr und küsst sie. Er hat es vermisst, er hat sie vermisst.

Behutsam küsst er ihre Lippen, achtet auf ihre Reaktion und ob sie das gerade ertragen kann, doch Alenas Hand fährt an seine Wange und sie schließt genießend die Augen, sodass Elian den Kuss vertieft. Er könnte das ewig so weitermachen und ist sich sicher, dass der Therapeut noch eine Weile auf Alena warten muss. Er kann sie jetzt nicht gehen lassen.

Petro parkt und knackt seine Knochen.

Sein Handy klingelt und er lacht, als er Romans Namen sieht, sein Bruder wird ihm sicherlich den Hals umdrehen, doch wenigstens hat er sich selbst und ihnen allen nun beantwortet, was Emilia ihm bedeutet. Wenn Petro ihn dafür auch ein wenig hereinlegen musste, dann war es nur für eine gute Sache.

Doch er hat auch an ihr Gespräch gedacht, Roman hat sich nun seinen Gefühlen für Emilia gestellt und er sollte sich endlich bemühen, eine bessere Bindung zu seiner Schwester aufzubauen.

Mit Roman fällt es ihm so leicht, doch bei Alena weiß er kaum, wie er auf sie zugehen soll, er hat - offen gesagt - Angst, dass sie seine Anwesenheit an Benjamin erinnert.

Wenn er den Schmerz und die Angst in ihren Augen sieht, fühlt er sich irgendwie mitschuldig, auch wenn er weiß, dass er nichts dafür kann, wird er diese Schuldgefühle nicht los.

Es ist an der Zeit, Alena näherzukommen, deswegen ist er einfach zum Therapiezentrum gefahren. Vielleicht kann er an einer Sitzung teilnehmen, oder Alena kann etwas Pause machen, er wird sie einfach fragen.

Als Petro das neu erbaute Gebäude betritt, sitzt niemand am Empfang. Pfeile zeigen den Weg zu den Therapieräumen und Petro folgt ihnen. Als er an den Fenstern und verglasten Türen entlangkommt, die zum Garten führen, sieht er hinaus, um nachzusehen, ob er Alena dort findet und stockt.

Er bleibt stehen und sieht, wie Alena auf einer Decke liegt, ein Mann beugt sich über sie, ihr Hund liegt entspannt daneben. Alena lacht und legt die Arme um den Mann, der ihre Wange und ihre Nase küsst.

Petro kann kaum glauben, was er da sieht, besonders das glückliche Gesicht von Alena, er hat sie noch nie so glücklich gesehen. Der Mann sagt etwas und Alena streicht über seine Wange, in dem Moment erkennt Petro ihn:

Es ist Elian, ihr Feind, der Mann, der Alena gerettet hat, der Bruder von Vidal. Roman hasst ihn über alles.

Petro flucht laut auf, wendet sich ab und verlässt das Zentrum wieder. Er hat mittlerweile schon genug Einblicke in das ganze Familialeben bekommen, um zu wissen, was das bedeutet, wie er handeln muss und er weiß, dass es Zeit wird, ein Bruder für Alena zu sein. Also setzt er sich ins Auto und fährt davon.

»Das kann nicht normal sein, Belinda. Ich rufe unseren Arzt an, er soll kommen und dich untersuchen. Irgendetwas stimmt doch nicht mit dir.« Mittlerweile kann Belinda nicht einmal mehr so tun, als ginge es ihr nicht so schlecht, sie schafft es nicht einmal aus dem Bett heraus.

Sie möchte sich aufsetzen, Vidal hilft ihr und legt ihr zwei dicke Kissen hinter den Rücken, sodass sie ein wenig aufrecht sitzt. Sie setzt an, etwas zu sagen, doch in dem Moment wird ihre Tür aufgerissen und ihr Vater kommt ins Zimmer. »Sag mir, dass das nicht wahr ist, Vidal!«

Ihr Vater funkelt Vidal wütend an. Belinda sieht verwundert zwischen beiden hin und her, sie weiß nicht, wovon er spricht. Vidal offensichtlich schon. »Wir hatten gestern eine Besprechung und mein Vater hat das angedroht, da ist aber noch nicht das letzte Wort gefallen.«

Belinda hat gemerkt, dass Vidal sehr unruhig ist, ständig Anrufe und Nachrichten bekommt und sich aber trotzdem komplett auf sie konzentriert. »Das letzte Wort ist gefallen, wenn dein Vater dir den Platz des Anführers entzieht, falls er das überhaupt kann und jemand anderen dahin setzt, wie er es angedroht hat, wird er sofort einen Krieg gegen uns starten. Denkst du, das kann ich jetzt einfach so abwarten?«

Vidal atmet erschöpft aus. »Eben, falls er das kann. Die Männer sind nicht bereit dazu und Elian hat klar gesagt, dass er nicht meinen Platz einnehmen wird. Er kann nur noch sich selbst an die

Spitze setzen und ich habe ihm auch gesagt, dass ich es nicht zulassen werde, dass er jemanden angreift, der bei Belinda ist ... in vier Tagen gibt es die nächste Besprechung zu alldem und ich werde mir bis dahin etwas einfallen lassen.«

Ihr Vater ist stinksauer. »Es ist ganz einfach, du musst auf meine Tochter verzichten und die Babys nicht anerkennen, ich kenne die Forderungen deines Vaters, nur so kannst du weiter Anführer der Puentes sein und einen Krieg verhindern ...«

Belinda atmet tief ein, oh nein, nein, nein, der Alptraum geht weiter. Vidal wird nun auch wütend und will etwas erwidern, da wird die Tür erneut aufgerissen, der Chefarzt kommt in den Raum und reißt Belinda förmlich die Infusion vom Arm. Alle starren ihn an, während er Belinda ein Tuch auf die Wunde presst und sich den Schweiß von der Stirn wischt.

»Wir haben gerade erfahren ... also, ich habe ja heute morgen die neuen Blutergebnisse angefordert, weil ich mir Ihren schlechten Zustand nicht erklären konnte. Sie hatten normale Schwangerschaftsübelkeit, dann ging es Ihnen hier besser und plötzlich so abrupt so viel schlechter. In den Blutergebnissen haben wir Ungereimtheiten festgestellt und die Schwestern befragt, als dann noch andere Werte gekommen sind, haben wir gemerkt, dass Sie vergiftet werden durch die Infusionen.

Eine der Nonnen, die Ihnen die ganze Zeit die Infusionen gelegt hat, hat darin immer ein klein wenig von einem Gift dazugegeben, was in höherer Menge ungeborene Babys tötet und auch das Blut der Mutter vergiftet. Sie hat das in kleinen Mengen verabreicht, um es langsam und unauffällig zu machen, deswegen ging es Ihnen von Tag zu Tag schlechter. Ich muss nach den Babys sehen. Sie haben zum Glück noch nicht zu viel von dem Gift in ihrem Körper.«

Der Mann ist panisch, immer mehr Ärzte erscheinen. Vidal und ihr Vater sehen ungläubig zu dem Arzt. »Wie zur Hölle konnte so etwas passieren?« Belinda glaubt, sich verhört zu haben. »Wieso hat die Frau das getan?« Der Arzt schmiert wieder die gelartige Flüssigkeit auf Belindas Bauch, nur dieses Mal alles viel schneller.

»Sie hat gerade alles gestanden, sie hat mit den Schwestern zusammengearbeitet, die auf der Insel ihr Leben verloren haben und nachdem was sie alles mitbekommen hat, wollte sie einfach verhindern, dass noch einmal solche Kinder … von einer Sombras und einem Puentes zur Welt gebracht werden und sich all das wiederholt.«

Belinda treten Tränen in die Augen. »Das kann man doch nicht vergleichen, diese Babys sind in Liebe …« Sie bricht ab, es ist sinnlos, all das zu erklären, sie wurde vergiftet, jetzt erst begreift sie, was da passiert ist.

Vidal kommt zu ihr, als sie zu weinen beginnt. Er bebt vor Wut und auch ihr Vater sieht so aus, als würde hier jeden Moment eine Bombe hochgehen, doch zuerst starren sie alle auf den Bildschirm, auf dem sie die beiden Babys sehen.

Der Arzt schweigt eine Weile, dann atmet er aus. »Gott sei Dank haben wir es rechtzeitig bemerkt, den Babys geht es gut, wir haben es gerade noch rechtzeitig bemerkt. Wir machen jetzt eine …« Ihr Vater tritt zu ihnen und reicht Belinda die Hand, um ihr aus dem Bett zu helfen.

»Keiner hier fasst meine Tochter noch einmal an, Sie können froh sein, wenn wir das Krankenhaus nicht dem Erdboden gleich machen.« Er legt Belinda eine Decke über, als sie steht, doch ihr ist so schwindelig, dass sie sich an seinem Arm festkrallen muss, um nicht umzufallen.

Vidal ist schon da und will Belinda auf seinen Arm nehmen. »Verschwinden Sie hier, alle!« Die Ärzte und Schwestern verlassen das Zimmer, doch Belinda hindert Vidal daran, sie auf den Arm zu nehmen, sie weint, sie hat gar nicht gemerkt, wie sehr und sieht jetzt ihrem Vater und Vidal fest in die Augen.

Diese beiden Männer lieben sie wahrscheinlich am allermeisten auf der Welt.

»Seht ihr es jetzt? Vidal ist dabei, alles zu verlieren, diese Babys werden schon jetzt von allen Seiten gehasst und man versucht sogar sie zu töten. Ich weiß, dass ihr mich nicht verlieren möchtet, aber wenn ihr wie ich möchtet, dass diese Babys leben und glücklich aufwachsen, müsst ihr mich gehen lassen. Ihr seht doch, was hier gerade passiert!«

Lesen Sie weiter in ...

El Puerto – Der Hafen 9

Entscheidungen des Herzens

Roman rast die Straßen entlang, ihm sind die Autos bewusst, die ihm folgen und laut hupen, um ihn zum Stoppen zu bewegen.

Im Leben nicht, auch als sie in bedrohlicher Weise Waffen aus dem Fenster halten, gibt Roman nur noch mehr Gas. Er überfährt Kreuzungen bei roter Ampelphase und ist froh, dass in dieser Mittagshitze kaum jemand auf der Straße ist.

Er hört sein Handy klingeln, immer wieder, wie in Dauerschleife, doch er ignoriert all das. Er kennt sich auf diesem Teil nicht aus, war noch niemals hier, doch er weiß trotzdem ganz genau, wohin er soll, weil er von Geburt an darauf trainiert wurde, im Notfall herzukommen und alles zu beenden.

Als er in die Auffahrt einfährt, werden die Schranken gerade geschlossen, vor ihm ist ein LKW eingefahren und die Wachmänner sehen diesem hinterher. Erst als die Reifen der ihn verfolgenden Autos quietschen, blicken alle zu ihm und ziehen die Waffen.

Zu spät, Roman ist schneller, er ist kein Anfänger, kein einfacher mittlerer Mann, der zum Kampf für die Familias ausgebildet wurde, er ist mit dem Blut der Familia geboren und wird sich niemals von irgendwelchen Wachleuten abhalten lassen, er hat den Willen, den Willen, Rache zu nehmen.

Er gibt ein letztes Mal Gas und rast durch die Einfahrt, wobei die Schranke auseinandergerissen wird. Das hätte er mit einem anderen Wagen nicht geschafft, sein SUV schafft es ohne Probleme, auch wenn er ihn danach wahrscheinlich entsorgen kann, war es das wert.

Er hört Schüsse und dass einer seiner Reifen platzt, Männer kommen aus den Häusern, doch Roman sucht nur nach einem Gesicht. Er hält mitten drin, als er sieht, wie sich die Türen der größten Häuser hier öffnen.

Vidal kommt aus seinem Haus und sieht verwundert zu seinem Auto. Roman steigt aus und zieht seine Waffe im selben Augenblick, als Elian vor die Tür tritt, er hat nur eine Boxershorts an und sieht verschlafen auf all das Chaos.

»Du verfluchter Bastard!« Roman hebt seine Waffe, um abzudrücken, doch bevor er dazu kommt, hört er, wie sich ein anderer Schuss löst und ein reißender Schmerz trifft ihn mit voller Kraft.

Entdecken Sie die ergreifende Welt von Jaliah J. ...

Die Llora por el amor Reihe

Die El Destino Reihe

Das Schicksal hat viele Gesichter, es kann Gutes bringen oder sich deinen Plänen in den Weg stellen. Es ist kein Zufall, dass uns manche Menschen begegnen. Wir lernen und wachsen an unserem Schicksal. Es ist keine Frage, ob dich das Schicksal aufsuchen wird, sondern wie du dann damit umgehen wirst.
Für jeden Menschen stellt sich irgendwann die Frage ...

... Glaubst du an das Schicksal?